団塊坊ちゃん青春記

久恒啓一

もくじ

第一部

九州大学

1 大学

探検部以前

私が大学に入学したのは昭和44年。この前後数年間が最も激しい大学紛争のうずまいた時期でした。佐世保への原子力空母エンタープライズ入港拒否闘争、東大安田講堂のバリケード、機動隊の実力行使による落城、東大入試の中止事件、そして私の入学した大学でも数々の事件がありました。入学試験の2日目の過激派学生による試験場の占拠、予備校での入試続行。入学後は、5月に全学の無期限ストライキへの突入、大学の講内では、白ヘルメットの中核、白ヘルに黒いふちどりの革マル、青ヘルの反帝学評、赤ヘルのノンセクトラディカル、日共系の民青、理論派の第四インターと多種多様な考え方の一団がカッポしていました。私自身は、クラスの仲間と一緒に、ノンセクトを気どっており、このような青春の熱気のムンムンする雰囲気の中でとまどいながら、クラス討論会に参加するという日々が続いていました。

入学後1年間は、ちょうど大学が学生の手でその権威をこなごなにくだかれたように、「い

い子」で育ってきた私の自信が根こそぎゆるがされる体験をした時期でした。

学生運動は、次第に過激になっていき、学内で日常の出来事となってしまった内ゲバ、歯のなくなってしまった活動家、血しぶきをあげながらこづきあうヘルメット集団、そして何よりもこのような状況の中で自信をもって発言できる言葉をもたない自分へのいらだち、自信喪失。

下宿に帰ると、毎日のようにさまざまな考え方の学生が訪れます。中核、革マル、反帝学評、第四インター、民青、そして勝共連合や創価学会等々。何が正しいのやら全くわからなくなってしまった私は、クラスの討論会などでも口を閉ざしてしまいました。しゃべれなくなってしまったのです。

大学にはもう一つの青春がありました。それはクラブ活動です。受験勉強中になまってしまった身体をきたえようと私が選んだのは、ワンダーフォーゲル部でした。

春の新人歓迎合宿では「こんな苦しい思いをするなら死んだ方がましだ」と感じながら、山々を縦走しました。そのとき私は、自分はかなりタフな身体をもっているなと思いました。夜はメシを食いながらトランプに興じたり、山の歌をうたって楽しく過ごしました。学園紛争の中で閉塞状態にあった私は、クラスの仲間には申し訳なかったけれども、夏には北アルプス縦走班に入り、2週間近く山々を歩きまわりました。富山から入って雲ノ平、槍ヶ岳、穂高連峰を経て上高地へ。

しかし、このワンダーフォーゲルというクラブも何かもの足りません。山で楽しく遊ぶだけでいいのだろうか。過激すぎる学生運動には主体的に参加はできず、クラブの方もどうも自分向きではないというか、没頭できないのでした。そして何に対しても自信がなくなってしまった私は、いよいよ無口になってしまいました。

大学には受け持ちの教授がいます。私のクラスは宮川先生という、ドイツ語の先生でした。この人は、昼間は「イッヒ、デルルルル」とかの発音をしながら、あまりおもしろくない授業を行います。授業が終わると、「今日はどうですか」と酒によくさそっていただきました。この先生は、酒が好きで一日に何軒も大学付近の飲み屋をまわります。ベロンベロンに酔っぱらってしまうのであとが大変なのです。それに先生は金払いが悪いらしく、どの店に行っても、「先生、今度までにはお願いネ」と飲み代の請求をされていました。

先生には子供がいないようでしたが、ある日私は、一度お目にかかったことのある奥様と少し話をする機会がありました。奥様は、子供っぽい少年であった私を気に入ってくれたらしく、私のことを「とてもかわいい学生さん」と先生に話をしたらしいのです。それ以来、私は「女房の恋人」と先生から呼ばれ、その後、先生が酔って道ばたに寝てしまいそうになるときに送って行くのは、いつの間にか私と決まってしまいました。

二人くらいで先生をかついで家まで送り届け、玄関のブザーをならすと、奥様が窓からのぞき、先生だとわかるとカギを閉めてしまうのです。これには驚きました。冬の寒い時期にこごえながらブザーを押し続けたものです。やっと開けてくれると、今度は先生が「上がって飲んでいきなさい」ときます。奥様の顔と先生の命令との板ばさみに苦労したものです。しかし、私が送って行くと、比較的奥様の気げんが良かったので、先生のおもりは私の役目となっていました。

冬に入った頃、私は、先生の家の方角にある丘までジョギングをしました。この頃はまさに閉塞状態で、自分で自分がわからなくなり、しょんぼりしていた時期です。私は当時、「主体性の確立」という言葉が好きでした。そのために、異なる立場のそれぞれの人の意見を聞き、どれが正しいのかを考えたうえで自分の立場を決定しようというアプローチをとっていました。しかしその結果、全く頭が混乱してしまっていたのです。

ジョギングで丘の上までのぼって夕陽をじっと見ていて、ハッと気がついたことがありました。「そうか、わかったぞ。自分は今まで主体性をつくるために、いろいろな意見を聞いてきたが、実は、主体性を喪失する結果になってしまったのだ」。そしてそれはなぜかと考えると、自分は今まで言葉をもてあそんでいただけなのだということに気がつきました。行動しない言い訳をごねていたのだとわかった私は、「行動しよう、何でもいいから無目的に行動だ」と考えました。この夕陽を見ながら悟ったことが、私の大きな転機となったようです。

こうして、私は従来から関心のあった探検部に入ることにしました。大学1年の冬のことです。

探検部入部

探検部というクラブをご存知でしょうか。

このクラブに似たものに、ワンダーフォーゲル部と山岳部という伝統のあるクラブがあります。ワンダーフォーゲルとは、ドイツ語で渡り鳥という意味です。青年たちがヨーロッパの山々を歩き、キャンプをし、自然に触れ、健かに生活することをめざした活動が日本に輸入されて、今やほとんどの大学にワンダーフォーゲル部というクラブが存在しています。危険を冒すのではなく、山々を楽しくハイキングし、キャンプでは抒情性の高い山の歌をみんなでうたうというのが平均的な姿のようです。

私は一時このクラブに在籍しており、夏の北アルプスに出かけたことがあります。北アルプスの雄・槍ヶ岳の手前の大きな雪斜面を上から降りているときでした。ある東京の私大のパーティが、長い雪斜面を列をなして登ってくるのを見かけました。一人の新入生らしい男が、もう一歩も登れないという表情で下を向いて突っ立ったきりになってしまうと、前後から上級生の罵声が飛びます。さらに冷たい雪を丸めてぶつけたりもしています。なんと恐ろしい光景かとつぶやくと、ワンゲルの上級生が、「お前ら良かったなあ。うちはああいうことはないゾ」と言いました。下界に降りたあと、新聞を見ると、何人かの新入生が上級生のしごきで死亡したという記事がありました。イヤハヤ恐ろしいことでした。とはいえ、一般的には比較的ゆるやかな山登りをするのがワンゲルと言っていいでしょう。

さて、長い伝統を誇る山男集団の山岳部は、言わずと知れた山登りのプロたちです。彼らはロッククライミングもやりますし、冬山などへも積極的に出かけます。私の高校以来の友人である内尾君は、ある大学の山岳部に在籍しており、二人でよく山の話をしました。二人で一緒に山登りに行ったこともあります。この彼も大学在籍中に山をやめてしまいました。あるロッククライミングで三番目にいた彼は、事故に遭遇したのです。一番目と二番目がザイルをつないでいましたが、トップの男が足をすべらせ転落したそうです。ザイルをしっかり持って止めようとした二番目は、支えきれずに、内尾君の目の前で空中にポーンと飛び出してしまったのだそうです。そして二人とも死んでしまいました。それ以来、彼は長年の両親の懇願を容れて山をやめることにしたのです。これが山岳部の一面です。

しからば、探検部とは何でしょうか。これを言葉で表現するのが非常に難しい。そもそも、探検という言葉がよくわかりません。先輩に聞いても誰も納得のいく説明をしてくれません。

顧問である松本征夫先生は、「探検とは知的情熱の肉体的表現である」と言っていました。単純な学生であった私は、この言葉に非常に感激し、しばらくの間使っていました。しかし、冷静に考えてみると何を言っているのかよくわかりません。

ある人は、「探検とは、探り調べることだ。だから、学術調査をしなければならない」と言います。しかし学術調査なら学生がクラブをつくってやるべきものなのかどうか疑問です。

入部して気づいたのですが、このクラブの人たちは毎日、「探検とは何か」というテーマで話をしているではありませんか。自分たちのクラブの頭にかぶせている言葉さえもよくわからない、おかしなクラブだなと思ったものです。

また、この探検部というクラブは、具体的な行動として、山登り、スキー、鍾乳洞調査、無人島合宿、スキンダイビング、蝶々採集という具合に多種多様な活動を行っていました。ところが意外や、ワンゲルや山岳部が体育系のクラブであるのに対して、このクラブは文化系のクラブなのです。「わけのわからないクラブに入ったものだ」と思ったものの、いっさい理屈は言わずに、ありとあらゆる合宿や遠征に参加することに決めました。

当時の探検部は創立7年目で、新興の小所帯のクラブでした。人数も大学院のOBを合わせても10数名だったと思います。今から振り返ると、この探検部入部が、私の学生生活が充実したものになるきっかけとなったのでした。

弟の迷惑

私の下宿に、当時高校生だった弟が遊びに来ました。兄貴がどんな生活を送っているのだろうかという好奇心からです。ある日、私は朝から用があり、まだぐっすり眠っている弟を置いて出かけました。そこへ、大学の寮の自治委員をやっている原という大男が入ってきたのだそうです。彼はいきなり、弟のふとんをひっぱがし、「こら、久恒。お前、寮の石油倉庫のカギを返せ！ 田島寮４００の寮生がこの寒空に2日もふるえているのだゾ！」とどなりあげました。そして、事情がわからずキョトンとしている弟の顔をつくづくながめたそうです。弟は「ボクは、弟です」と恐る恐る言ったそうです。

そういえば、私はこの日より数日前、寮に泊まり、誤って倉庫のカギをポケットに入れたまま姿を消していたのです。九大のある福岡の町にも雪が降るほど寒い寒い厳冬の頃でした。私に顔が似ている弟も、とんだ迷惑をしたと嘆いていました。

ブレザーの交換

私の弟も結局、同じ大学の工学部に入学することになりました。私自身は、小学校、中学校、高校と同じ学校を2年遅れでついてくる弟に「大学は兄貴とは違うところへ行ったらどうだ。北大か、阪大か、東北大か、名古屋大か」と言っておりましたが、緒局、法学部の私とは全く異なる分野の学部に入学することで、彼自身の自己主張をすることになったのです。

さて、入学後、私たちは、母親から双方一着ずつのブレザーを買ってもらいました。それから1年以上たったある日、弟は田舎に帰ったとき、母親に次のように語ったそうです。「お母さん、兄ちゃんは、何も計算していないような顔をしてるが、あれは、違うんで。ブレザーだけど、しばらくたつと兄ちゃんがやってきて、『このブレザーは飽きたから、交換しようや』

とくるんだよ。半年くらいたつとまた、元の自分のブレザーを取り返しにくる。あるとき気がついたんだけど、ボクは、夏には厚手のブレザーを着ることになり、冬には薄手のブレザーを着ていることになるわけ。兄ちゃんはずるい」。

そのことを本人や母から聞いて、私もつらつら考えてみますと、寒い季節になると、自分が買ってもらった薄手のブレザーだと寒いし、半年も同じものを着ていると飽きてくるので、弟に交換の申し入れをしていたことに思いあたりました。弟の立場からすると、どうして夏は汗をかきながらフウフウいって冬物を着、冬は木枯らしの吹く中を、夏物のブルーの薄いブレザーを着なければならないのだろうかと疑問に思うのは当然のことかもしれません。

しかしながら、私自身は、全くそのような計算ずくでやっているわけではないのですが、弟に言わせれば、「だから余計、始末が悪い」のだそうです。

ふとんカバーとホッチキス

ふとんカバーとふとんが全く別のものであることに気がついたのは、大学入学後だったでしょうか。ある日、家からふとんカバーが送られてきました。しかし、このカバーの中にどうやったらふとんがうまくおさまるのか、不器用な私には皆目見当がつきません。また、うまく入っても寝相が大変悪いので、ふとんカバーがすぐにはずれてしまいます。

私はいいことに気がつきました。寝ている間にふとんカバーがはずれない方法です。ホッチキスを使って、カバーとふとんをくっつけるのです。「我ながら名案だ」と自己満足。その日、またまたわが弟のおでましです。夜、ひと組のふとんの中で一緒に寝て、翌朝起きたとき、何か体に刺さるものがあると言って弟が騒ぎはじめました。「兄ちゃん、これは何か」「ああそれか、それはホッチキスの針だよ、どうかしたか」。どうしたもこうしたも、弟も私と同じくらい寝相が悪く、二人であばれまわったところ針がとれてしまったのです。それはそうでしょう、ホッチキスの会社だって事務用としてホッチキスを開発したのだから、別の用途に使われて品質が悪いと言われても立つ瀬がないでしょうね。

器物はそれ本来の用途に使うべきだというお話でした。

コタツの足は大切な足

コタツの足が折れるのをご存知でしょうか。自他共に許す不精者の私は、4畳半の自分の城にある机というと、コタツしかありませんでした。いつの間にか、コタツの上には、湯わかしポット、辞書、教科書、ドンブリ、ノート類がところ狭しと並んでしまいます。冬の夜など寒くてふとんに入るのがおっくうになるので、よくコタツで寝ていたものです。

ある日の夜、フト目を覚ますと、自分の体がコタツから出ています。寒いので、コタツぶとんをひっぱると、どうしたわけか、教科書やドンブリやノートや新聞など、ありとあらゆるものが私をめがけて落ちてきます。そういうものに埋まってしまい、かろうじて息をしている状態のまま、「何だろう、おかしいなあ」と起きあがって調べてみると、なんと、コタツの足が1本、重さに耐えかねて折れているではありませんか。

翌日、必死でその折れた足の復旧をはかりましたがうまくいきません。しょうがなくて、私のとった方法は、その折れた足をガムテープではりつけて1本にし、足が3本しかなくて不安定なコタツの一角に置いて支えるという方法です。この方法は一見、コタツぶとんもかぶっているので普通の状態ですが、からくりを知っている私は内心ビクビクです。足がいつはずれるのかと。

ある日、例によって弟が泊まりに来ました。私はふとんに入って、弟には、あったかいコタツの

場を与えたところ、夜中に、「何かこりゃあ」と弟の悲鳴が聞こえてきます。

弟に言わせると、「夜中にボクの足がコタツの足の一方をけとばしたらしい。真暗闇の中で突然、世の中のありとあらゆる物品が音をたてて自分めがけてすべりおりてくる。本当にビックリした」そうです。

私は弟に、「悪い、悪い、お前に言うのを忘れていたが、実はコタツの足が折れたんで、つっかい棒に使っていたのだ」と謝ったというワケです。

皆さん、コタツの足くらいはしっかりしたものを選びましょうね。

鏡モチを枕にしたら

情けないことに私は、枕というものをもっていませんでした。それになれてしまうと、世の常人が枕を高くして眠っているのを見ると不思議な気がしたものです。あるとき、私はアルバイトの家庭教師をやっていた家から、正月用の鏡モチをいただきました。大変ありがたかったのですが、いざ下宿へ持って帰ると、料理をして食べるだけの才覚と道具もなかったので、「できるだけ早く食べなくちゃ」と思いながら、とうとう口に入れずじまいになってしまいました。

この大きな鏡モチの行方はいかに。ある晩、寝苦しくなかなか寝つくことができなかった

私は、ビニール袋に入れてある大型の鏡モチをひきよせ、敷ぶとんの下に置き、枕がわりにしてみると、弾力といい、寝心地といい、極めて満足のいくものだということに気がついたのでした。

私は一度これが良いと思いこむと、長い間、ずっと使うという習性があるようで、毎夜、毎夜、鏡モチのお世話になっていました。

ある日、また、弟がやってきて一緒に寝ていると、フト彼が起きあがって敷ぶとんの下をのぞきこみ、鏡モチがあることに気がつきました。そして、彼は理科系なのでよく調べる男なのですが、ていねいに観察すると、本来白かるべきモチが気味の悪い緑色のカビにおおわれて不気味な感じがしたそうです。「何だ、これは兄ちゃん」「それは鏡モチで便利がいいからしているのだ」と答えると、気持ち悪い様子のあとは、ただ笑いころげるのでした。

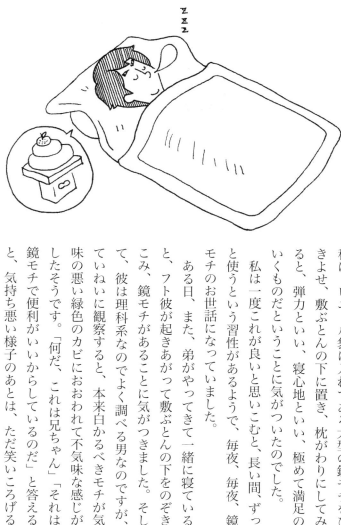

ドッグフードを人が食った話

私の友人の話。人間が良く、気分もいいが、外見はクマみたいな男です。ある日、彼が私の下宿に遊びに来ました。ちょうど、私のもとに、ドッグフードの入った袋がありました。たしか友人が忘れて帰ったものだと思います。「啓一、腹が減った。何かないか」と、彼が言いますので、私は、ドッグフードの入った袋から中味を二つほど取り出して、彼に渡しました。「これは何だ?」と質問するのを封じるため、私自身もムニャムニャ食べるふりをして本を読んでいますと、彼が食べはじめるではありませんか。私は、おかしくなって笑いをこらえるのにひと苦労しましたが、彼は「これは、味がネェゾー」と言います。「かめばかむほど味が出るのだ」と答えるとその通りするではありませんか。「啓一、もう1個クレー」ときます。

さらにいくつか渡したあと頃合を見て、ドッグフードの袋(犬の絵があり、〝ドッグフード〟と書かれている)を見せると、人のいいことでは定評のあるさすがの彼も黙ってしまい、それからひと言も口を聞いてくれません。私はその後友人に話をするときには、「……云々。だから、彼は気が小さいネー」と言って、笑ったものです。

部室乗っ取り作戦、成功す!

当時の探検部には部室がありませんでした。先輩の下宿を部室がわりに使っていたのです。1年間の活動費として学友会から支給される予算を、たったの8000円から1万円にあげる交渉が難事でした。学友会の予算担当者と延々4時間話しこんでUPしてもらったのでした。

さて次は根城となる部室を確保することにしました。といってもクラブの部室が集まっているオンボロの長屋には一つも空きがありません。そこで知恵をしぼって考えたのが、すでに部室をもっている既存のクラブの部室を奪うという計画です。

まず、あまり活動をしていないところで、考え方が右寄りのクラブを探すことにしました。調べると「俳句部」がこれに該当することがわかりました。そして探検部の部員で、全共闘のメンバーをしていた後藤という男に、「俳句部は右翼的であり、けしからん。彼らに部室をあずけておくことは大学のために良くない」というデッチあげの理論をさずけ、構内の実力者や闘争家に根まわしをしたのです。

さっそく、全共闘名で、俳句部追放の紙を貼り出しました。俳句部の罪状を並べたてたあと、「何月何日までに部室を空け渡せ、空け渡さなければ実力で追放する。その後は探検部が使用する」という文言を並べました。

その当日、私たち探検部員は、赤いヘルメットをかぶって俳句部に突入です。部屋の中には一人、浮世離れした顔の俳句部の学生がいましたが、彼は泣く子と全共闘には勝てぬと退

散してしまいました。「エイ、エイ、オー」とみんなで勝ドキをあげました。

さて、部屋の中を見ると、大きな金庫がありますが、カギがありません。しかし大丈夫、探検部にはどんな男でもいるのです。ダイヤル式の複雑な番号を解いてしまう先輩もいるのです。中身は空っぽでしたが、何はともあれ、今後の飛躍のための一里塚を築いたわけです。今から考えると、全く無法なふるまいでしたが、当時は半分くらいは真剣にこのプロジェクトを進めていたのです。俳句部の皆さん、ゴメンナサイ。

食器は生存のための武器!?

探検部の部員連中といえば、だいたいみんな貧乏でうす汚いが、下宿で集まっているときには、海外遠征の話が出たり女性論が出たり、そして例のごとく、各人各様の探検論に花が咲くのでした。

冬の間にクラブの雰囲気に慣れてきた私は、春から猛然と行動を開始です。手許にある部誌の昭和45年度活動報告をながめてみましょう。『昭和45年、部昇格、部室獲得、5月1日〜6日新入生歓迎の大崩山系春合宿（縦走班のメンバーとして参加）、5月23日〜24日第10次岩屋鍾乳洞調査（隊員として参加）、6月13日〜14日第11次岩屋鍾乳洞調査（リーダーとして参加）、7月12日〜8月10日九州大学・長崎大学合同奄美群島調査隊遠征（鍾乳洞班員として参加）、10月10日〜21日秋季合宿＝祖母山・傾山・夏木山・鹿納山・日隠山縦走（縦走隊・サブリーダーとして参加）、12月25日〜1月2日大山スキー合宿（サブリーダーとして参加）』と、この一年のありとあらゆる合宿、遠征に顔を出していることがわかります。ただやみくもに動いた結果、気がついてみると、秋や冬の合宿ではサブリーダーをつとめるまでになっていた自分を発見することになりました。

山では体力が勝負です。私たちがよくうたった歌の一節に「美しい心がからくもたくましい体に支えられるときがくる。若者よ、その日のために、体を鍛えておけ」というのがあります。

たくましい身体をつくりあげるための原動力は、強靭な胃袋であります。逆に言うと、胃袋の大きく強靭な奴は、エネルギーを体内に多量に蓄積できるため、どんなにつらい強行軍であっても弱音を吐くことはありません。

山では食事の量、つまり、どれだけの食べ物を胃袋の中に入れられるか、これがタフと呼ばれるか否かの分かれめなのです。

探検部では、食事のための茶わん、フォーク、スプーンなどを〝武器〟と呼んでいます。人と争いながら食べる。食事のための自衛の武器であり、他人の死命を制することも可能な攻撃的な武器でもあるのです。つまり生存のための武器であり、「武器は大きい方がいい」と考えた私は、スーパーに行って、味噌汁用の大きなボウルと、犬の食器によく使うアルミのボウル、そして、一挙にたくさんの食べ物をすくえる超大型のスプーンを買いそろえました。

初めての合宿に行って、いざ食事となると、先輩部員から驚きの声があがりました。「久恒、それホントに食器？」「スプーンというより、スコップだなそれは」「なべに使えるじゃないか」「水はけの道具にちょうどいい」等々。

この頃の私の唯一の自慢は、胃が丈夫だということでした。普通の人の2～3倍のスピードでメシをかきこむことができますし、何杯でも食べられるほど胃袋が大きく、また、腹をこわすことなど全くありません。合宿の食事のときは、犬の茶わんにごはんを盛り、スコップのような大きなスプーンで口の中に、次々と放りこみます。

最初のうちは、あきれて見物をしていた部員たちですが、そのままにしているといつの間にか自分の分け前が減るという事実にガク然として、必死の防衛策をとりはじめました。合宿のたびごとに、次々と全員が大型の食器をそろえはじめたのです。一種の恐慌と言っていいでしょう。

それまで、食事の前には「ごはんの歌」を合唱してから食べることになっていました。「ごはんだ、ごはんだ、さあ食べよう。風もさわやか心も軽く、みんな元気だ感謝して、楽しいごはんだ、さあ食べよう、いただきまあす」というのがそれです。

しかし私の入部以来、悠長にこの歌をうたう人はいなくなってしまいました。「ごはんだ、ごはんだ、さあ食べよう、いただきます」という大変な省略形で戦いに挑むのです。しかしながら、スピードで私に勝る者はおりません。なにしろ、私には「ものを噛む」という習慣がないのです。

要するに、食べ物を口の中にできるだけたくさんつめこんで、味噌汁で流しこむという方法なので、ものすごい早飯です。人が一杯目をようやく終える頃には、三杯目をゆうゆうと味わって食べているという状態ですから、非難の目を感じることも多かったように思います。この大飯食らいも、のちのち、さまざまな事件を起こすことになるのです。

探検部巻頭言を作詞する

プレハブの長屋の2階にある部室で、毎週部会をやっていると、1階のちょうど真下にある混声合唱団の清らかな歌声が聞こえてきます。なかなかうまいのだろうけれども、われわれ探検部員の歌もかなりいけるのではないか、混声合唱団の歌声を聞いてそう思いました。自称ロマンチストあり、多少ロマンチストの気のある男ありなので、人をロマンチックにさせる山の夜など、しんみりと歌をうたうことが多いのです。静かな夜に、テントの中のローソクを囲みながら、合唱をしたり、独唱したりするのです。

私たちは、自分たちのことを〝探検部少年少女合唱団〟と呼んでいました。レパートリーは、その頃流行った御三家（橋幸夫、舟木一夫、西郷輝彦）の青春歌謡、「いつかある日山で死んだら」で始まる感傷的な山の歌、レッド・リバー・バレーなど英語の歌、春歌など多彩でした。したがって、時間さえ規制されなければ、何時間でもうたい続ける有様でした。

どこの国にも国歌があるように、探検部でも部歌がほしいという声がありました。私たちが半分部歌のつもりで愛唱していたのは、『知床旅情』です。当時は、この歌は世間に知られておらず、私たちはこの美しいメロディをこよなく愛していました。「今宵こそは君を抱きしめんと岩かげに寄れば」など、みんなでその気になって合唱です。ところが、歌手の加藤登紀子がテレビでうたいはじめると、寮の風呂の中で全く風情を理解しないような男が口ずさむのを耳にするようになり、この歌を部歌にするのはやめました。

もう一つは、「波をちゃぷちゃぷかきわけて」で始まるＮＨＫの『ひょっこりひょうたん島』の主題歌です。「丸い地球の水平線に何かがきっと待っている。苦しいこともあるだろさ、悲しいこともあるだろさ、だけどぼくらはくじけない、泣くのはいやだ、笑っちゃおう」なかなかいい歌です。この歌は、その後クラブの連中の結婚式のときは必ずやりました。また、誰がつくったか忘れましたが、『行くぞ我らが探検部』という歌があります。歌詞は「ゆくぞーわれらがたんけんぶうー、ゆくぞーわれらがたんけんぶうー」と、この一つの文句が同じメロディでいつまでも続くのです。これも一時、受けたのですが、あまりバカバカしいのでやめてしまいました。

「よし、それでは、ボクがつくろう」と野心を燃やした私は、ある晩、歌詞をつくりはじめました。ああでもない、こうでもないと練っていると、とうとう明け方までかかってしまいましたが、やっとできあがりました。しかし作詞ということではなくて、よく旧制高校のバンカラ男どもが、声をはりあげるあの「巻頭言!」になってしまったのです。

《九州大学探検部巻頭言!!》
いざや聞け、我らロマンチストの歌声を!!
いざや歌わんかな、誇らかなる感情の高揚をもちて!!
あまた多くの女に愛されし我らといえども!!
初恋の君に流す涙の純情を誰が知る!!
あまた多くの友を得し我らといえども!!
君に流す惜別の涙を誰が知る!!

薄青き順風に帆をあげてはるかなる海の彼方、夢多き君よ何処へ!!
流れくる逆風つきてはるかなる山の彼方、望多き我身は何処へ!!
あるは、とうとうと流るる大河を渡り!!
あるは、白銀輝く峰々を駆け!!
あるは、烈風吹きすさぶ野分をつきて!!
あるは、鳥も通わぬ絶海の孤島へ!!
月影淡き丘に座せ、我はつぐ一杯の酒!!
君よ飲め、恍惚の美酒!!
そして行け、若き血潮のなすがまま!!
不浄なる巷をおそえ、高き蛮声!!
ああ、うたわずや、たたえずや男のロマン、男の純情!!

当時の私は、ペンネームとして高遠純と名乗っていたので、部誌には作・高遠純と載っ

ています。この巻頭言は、私が先の詞を若干の節をつけて大声で叫ぶと、部員が一斉に「オー」と声をあげるというやり方にしました。結構評判が良く、それからは、どんな会合であってもこれをやることにしました。苦労してつくり、数えきれないほど実演したので、何十年たった今も、一言の狂いもなく唱えることができます。自称ロマンチスト、高遠純の面目躍如といったところでしょうか。

トイレットペーパー騒動

今も昔も学生は貧乏なものと相場は決まっています。今から考えると探検部は特にその傾向が強かったように思います。

さて、私たちの年間行事は、ゴールデンウィークの連休に行う春合宿、夏休みの長期間に行う夏合宿、夏遠征、秋の試験休みに行う秋合宿、暮れから正月にかけて行う冬合宿、これらが主な行事となっています。そしてこれらの期間は、まとまって比較的長期の休みがとれるため、ワンゲル部も、山岳部も同様に合宿をうつことになるのです。

この話は、需要と供給のアンバランスからおこる悲劇のお話です。

長期間山に入る、しかも多勢の人数で、ということになると、食料品、装備品をかなりの量買いこむ必要があります。例によって貧乏ですから、できる限り安くあげるよう調達をしなければなりません。たとえば、夕食は一人につき米を何合にするかで、予算担当者と大飯食らいの連中がぶつかってしまうこともたびたびです。

山での生活で欠かせないものは、いろいろありますが、最も必要なのは、トイレットペーパーなのです。山ではちゃんとしたトイレなどありませんから、当然テントのまわりの適当な、つまり、人から見えなくて安心できる場所で用をたすことになるわけです。私たち山男（女も）の間では、これを〝キジうち〟と呼んでいます。まだ新人の頃、「なかなか優雅な名前をつけるものだわい」と感心していたのですが、実は、猟師がキジをうつときは姿勢を低くして構えるのだそうで、そのときの姿勢によく似ているらしいのです。したがって、大キジ、小キジ、と呼ぶことになっています。ちなみに、空キジというのもあります。

トイレットペーパーは、本来の用途以外にも、広い用途をもっています。食事を終えると、食器が汚れるので、当然水で洗う必要があります。水場が近い場合、また水が豊富にある場合には問題はないのですが、それ以外の場合には、トイレットペーパーの出動です。

味噌汁やシチューがこびりついた食器を、トイレットペーパーでふきとる作業を行います。こうすると、少々は残っても、翌日その食器を使用しても、食あたりをするということはなくなります。つまり、水洗いのかわりにトイレットペーパーを使うのです。

そうなると、大人数でしかも長期間ですから、大量のトイレットペーパーが必要です。スーパーで買うのは金がかかるので、大学の構内にいくつか存在するトイレに目をつけました。

あそこには必ずペーパーがあるし、しかもまだ封を切っていないものもあるのです。したがって、タダで入手できるということで、春夏秋冬の合宿の前には、クラブで奪取メンバーを編成して盗みにいくというのがならわしとなっていました。

一応、全部のトイレをまわるとかなりの量が調達できます。しかし、それでも「足りない」と装備品の担当者に言われることがあり、しかたがないので女子トイレに入ることにしました。痴漢さわぎで警察につかまることも考えましたが、勇気をふりしぼって私が決行することにしました。

ある校舎の女子トイレに、スキを見て入りこみ、トイレットペーパーを物色していると、ツカツカと女性が入ってくる気配がします。さっとある扉を開け、中でジーッと息を殺していました。なにしろ、ノドをならすわけにもいかず、ひたすら、静かにしていましたが、悪い予感がします。

もし見つかったら、警察につかまってしまう。両親が怒るだろうなあ、新聞に何と出るのかなあ、等々。しかしその女性は用をたしたら出て行ってしまい、ホッとしました。しかし、いつまでもここにいるワケにはいきません。今度は出るタイミングが難しい。トイレットペーパーを持ち、女子トイレから飛び出るわけですから、入ってくる女性とかちあったら元も子もありません。意を決して、まさに脱兎のごとく逃げ帰りました。女子トイレ作戦、成功です。

山が好きな大学の教授は数が少ないので、山男の教授はいくつかのクラブの部長をかけもちすることになります。私たちの頃の部長は、白水先生といって、世界的な蝶の権威でした。先生は、山岳部長も兼務していました。

ある宴会の席で先生がグチをこぼしました。この先生も山男なので、トイレットペーパーを盗むことはご承知なのですが、教授会で、「どうも、学内のトイレットペーパーの消耗がはげしすぎる」と、ある教授が言ったそうです。大問題となる前に、すかさず先生は、「そりゃあ、みんな若いから」などと言ってごまかしたのだそうです。

先生のおっしゃるには、「ごまかしもきくが、あんまり派手にやってくれるとワシの立場がなくなるでのう」と自粛を呼びかけていました。ご迷惑をおかけしました。白水先生殿。

大学祭

大学での行事で忘れてならないものに大学祭があります。高校の学園祭というと、詩や短歌のコンクールがあったり合唱コンクールがあったりで、あまり気負った感じもなく比較的自由に参加できたものでした。

しかし大学に入ると様相は一変します。学生運動というのは、いわば、自己の存在を確認するための自己満足の運動なのですが、これを政治と結びつけてしまうために、普通の人には政治活動と誤解されてしまいます。むしろ一種の自己改革の運動、実存主義の運動と理解した方がいいでしょう。

どのような社会であっても、イデオロギーを武器にあらゆる勢力をやっつける人種に人気が集まるものです。大学もその例外ではない、というより大学こそは社会に出る前の安全で自由な世界であり、最もカッコいい人たちがカッポする世界になる可能性が大きいのです。

そのような血の気の多い人たちが学友会の中心にいるのですから、当然のように大学祭も政治色を強めてしまいます。ある年の大学祭のテーマは「混迷の中に光を求めて」でした。要するに〝腐敗し混迷の度を深めつつある日本の政治の流れに怒りをおぼえる。その中にあって自分たちは光を求めて運動を行うべきである〟という趣旨のようです。このテーマのもと、各クラブは創意と工夫でそれぞれの活動を行ってほしいということでしょう。

わがクラブでもさまざまな意見が飛び交います。「このような政治情勢の中でお祭りなどとはけしからん。参加すべきではない」、「クラブ活動に閉じこもらず政治活動に関与しようではないか」等々。

つまり、お祭りで何をしようかと考えるのではなく、そもそも大学祭とは何か、参加すべきか否か、参加すること自体が反革命的ではないかなどと、根本的に（学生用語で言うとラディカルに）考えようというわけです。

私が腹を立てたのは、そういう議論は何も生まないのだということでした。つきつめて考えるとは言うものの、それは行動しないための口実である場合が多いのです。参加しないという人たちは、その間、何をしているかというと、マージャンやパチンコをしているのが関の山です。

「ぐずぐず言わずにお祭りなんだから、楽しくやろうじゃないか。探検部らしさのある素晴らしい企画でアッと言わせようじゃないか」と提案し、大方の同意をとりつけてしまいました。なぜやるのかではなく、いかにやるかだと考えたのです。

探検部が考えたのは、屋台で探検料理を売ろうという案でした。材料はヘビ、カエルが主なものです。材料集めのために数週間前から材料収集部隊の編成にとりかかりました。ヘビをつかむのは平気という部員と、家の近くに食用ガエルがたくさんいるという部員をそれぞれのリーダーに任命し、ヘビ班、カエル班ともに5名ずつの新人をつけました。それから数週間、週1回の部会のたびに部室のブリキカンの中にヘビやカエルが続々と集まってきます。

いよいよ明日が大学祭という日、部室に入ると「久恒さん、大変です。ヘビが逃げました」と下級生が青い顔をしています。今から調達するのも難しいので、みんなで必死になって部屋の中を探してみると、大きな青大将が金庫の裏から悲しげな目をしてのぞいています。さっそくつかまえてブリキカンに放りこんだのは言うまでもありません。

さて当日、料理の名人である黒木先輩と、新入部員のくせにヘビやカエルが大好きな福山君が先頭に立って、いよいよ探検料理の開始です。

食用ガエルをどうやって殺すか。ペンチで頭を一発、キョーリョクになぐって気絶させるのです。女性の新入部員で友清という豪傑が何匹もこの方法で殺すのに飽きてしまい、なんと部屋の壁に投げつけて気絶させる方法を開発しました。私たちはいざとなったときの女の残酷さに身ぶるいしたものです。女って恐ろしい。

ヘビの方は皮をむいてカバ焼きにします。まむしは味には定評があり、なかなかうまいのですが、青大将は大味で、シマヘビも美味とは言えません。

大学祭の当日の夕方、屋台のテントの一つに陣どった探検部は、「大学名物、探検定食一人前たったの90円！」という看板をかかげて呼びこみを開始しました。献立はヘビのカバ焼き、シマヘビの骨のスープ、食用ガエルのモモ肉のからあげ、それにごはんです。私も初めて食べたのですが、食用ガエルの肉は本当においしい。味はとり肉に似てはいますが、まろやかな味ははるかに上です。

したがってこの探検料理は、まさに飛ぶように売れ、若いカップルがどんどん入ってきます。最初はもの珍しげに入ってくるのですが、探検定食を口にすると、「おいしい、おいしい」と満足の体です。

私たちは調子にのって「ヘビはいかが、カエルがうまい、天下一品の探検定食だよ」と呼びこみをやっていると、あるカップルの女性が、カエルのモモ肉のからあげを口にしながら「これ、ホントにカエルなのお?」と信用していない様子です。私はさっそく、「おい、いいか。カエルをそのままの姿で揚げてこい」と下級生に命令しました。数分後、大きな食用ガエルが手足を開いたままの姿で揚がってきました。「ハイ、これがカエルの姿揚げだ」とその女性のテーブルに出すと、「キャー」と叫び、気持ち悪そうに逃げ帰っていきました。

始めてから2時間もたつと、「もうヘビやカエルが底をつきました」との報告です。残念無念、材料がなくなっては仕方ありません。クラブ一同楽しく過ごした大学祭でした。

ところが悪い客が一人いたのです。私の出身高校の後輩の一人が、探検定食を食べたあと金を払わずに逃げ出したのです。私は「追えー」と命令したのですが、その男は人混みの中に消えてしまいました。「ふてえ野郎だ、ただじゃおかねえぞ」とみんなでフンガイしました。その後、この無銭飲食の男は三菱商事に入社したという噂を聞きました。商社マンに向いていたのかもしれません。

それから数十年後、日本一のこの商社で講演をする機会がありました。そのとき、この話から始め、この無銭飲食男のことを実名でしゃべったところ、終了後に男が現れて謝ってくれました。やっとうらみをはらすことができました。

前人未踏の鍾乳洞に達す

探検部活動の一つの分野に鍾乳洞探検（ケイビング）があります。

このケイビング活動の練習場として、私たちは北九州にある岩屋鍾乳洞をよく利用していました。この岩屋には、長く続く横穴や数十メートル地下に下がる縦穴、〝カニの横ばい〟と我々が名づけていた狭い通路をもつ鍾乳洞などがあり、遠征のための訓練に非常に適しています。

鍾乳洞にもぐるときの服装はというと、自動車整備工の制服ともいうべき〝つなぎ〟とキャラバンシューズ、ヘルメットとランプといった具合で、炭鉱夫と同じです。

鍾乳洞になぜもぐるのか。山の場合には、「そこに山があるから」という美しい台詞があり、また、「頂上から見る美しい景色がそれまでのつらさを忘れさせる」あるいは「重い荷物を背負って遠い道を行くのは人生と同じである」という教訓などさまざまであり、まあどれももっともらしく聞こえます。

ところが鍾乳洞だけは理由が見つかりません。地中にずんずんもぐっていくと地の底に落ちこんでしまったような心細い気持ちになります。

また、狭い穴を必死で通過するときなど「今ここで地震が起きたら一巻の終わりだな」と考えたり、さらに悪いことに鍾乳洞には水が流れていることもあり、泥だらけになってしまい、いいことは全くありません。

〝つなぎ〟も岩にひっかかって破れたり、ヘルメットが岩にぶちあたったり、またヘルメットにつけたライトが接触不良でつかなくなることもしばしばです。

気の遠くなるような暗闇の中でライトがつかず、しかも仲間がすぐそばにいないときなど、気の小さい人なら発狂するところです。

鍾乳洞は地中にあいた穴ですから、体が通れなくなればそこで終わりとなります。岩屋に

20メートルくらい垂直に下がった深い縦穴があり、その底から今度は横に穴がのびています。この穴には、ロープを体に巻いて仲間に入口で支えてもらいながら下りるのです。あるとき部員5人でこの穴にもぐりました。この横穴を進んでしばらく行くと行きどまりです。もうこれ以上進まなくてもすむため内心ホッとして引き返そうとしたとき、先頭にいたリーダーの吉村という男が「オーイ、小さな穴があいとるぞー」とわめいています。

よく見ると直径7～8㎝ほどの小さな穴があいており、顔を精一杯近づけると、その穴の先に何やら空間らしきものがのぞけます。通常、「ヘルメットが通れば体は通る」というのがこの鍾乳洞探検の一つの公式なのですが、この小さな穴はとても無理。ところが、「ヨシ、みんなでこの穴を掘ろう」と、リーダーがとんでもないことを思いつきました。これ以後1年近くにわたって、私たちは非常につらい仕事をするはめになりました。

体がこの穴を突破すればいいのだから、要は穴を大きくすることだと結論した私たちの行動は次のようなものです。理学部化学科所属のリーダーは、鍾乳石の化学方程式を思い出し、塩酸をかけると化学反応をおこして鍾乳石は溶けるはずだと主張しました。

$$CaCO_3 + 2HCl \rightarrow CaCl_2 + CO_2 + H_2O$$

彼によれば、「塩酸をかけると溶ける、そしてまわりの石はもろくなる。その弱くなったところをトンカチでしつこくたたけば容易に石はくずれていくはずである。これをくり返していけば、短時日のうちに、我々は前人未踏の空間に達するであろう」という理論なのです。

私たちは半信半疑でしたが、とにかく実行することにしました。塩酸の入ったビンを片手にタオルとトンカチを持って、4~5人でこの鍾乳洞にもぐります。まず塩酸を目指す小さな穴のまわりに注ぐと、先ほど説明した化学方程式で発生する気体や塩酸が、あたり一面にたちこめてきます。この気体は吸いこむとのどがヒリヒリしてくるのです。この気体をそのまま吸いこむと気管をやられますから、手にしたタオルで口をふさぎ、気体が流れ去るのを待たねばなりません。

今度はトンカチを手に穴の周辺のもろくなったはずの部分をたたきます。ところがこの穴の周辺をたたくためには、胸がようやく通るくらいの狭いところを通過する必要があります。胸が上の壁と下の壁とにはさまって身動きできなくなるところまで体を進めても、腕がやっと穴の入り口あたりに達するという状態です。

したがって、肩を軸にして腕を振ることはできません。どうやるかというと、手を精一杯のばしたうえでも手首は自由に動くので、トンカチを持って手首を振るのです。10分以上もこの動作を繰り返しても、ちっとも穴は大きくならず、かえって塩酸のにおいでせきこんでしまうのが関の山。

ところが、5人ほどの人間がこの作業を続けて次に自分の順番がまわってくると、どういうわけか以前より穴がいく分大きくなっているような気がします。そこでまたこの作業を行う元気がやや出てくるのです。

およそこのような神に背く作業は、短時日のうちに完了するわけはありません。とうとう私の卒業までに数回の合宿を行ったにもかかわらず、未知の空間の扉は開きませんでした。

大学を出て半年くらいたった頃、クラブの後輩から手紙がきました。「前略、先輩！とうとうあの鍾乳洞の穴があきました」

ようやく人が通れそうなくらいにまで穴を広くすることに成功した後輩たちは、わが探検部で一番やせている小さな男に1週間の断食を命じたというのです。そしてこのやせ男の最もやせ細った頃をみはからって、この穴に無理やり押しこんだらしいのです。

この不幸な男に、世界で初めて人類が足を踏み入れた空間の感想を聞くと、「案外、中は広く、ユニークな形をした石もあり楽しかったですよ。ただ、その空間の先に、また同じような穴があったのにはゾッとしました」との答えです。さすがにその穴をまた掘ろうと言いだす男がいなかったのがせめてもの幸いです。

ところがクラブの連中は、この男を押しこむことには神経を使ったらしいのですが、果たして再び出てこれるか否かということには、トンと頭がまわらなかったようです。

ですからこのやせ男は、決死の覚悟でこの恐るべき空間から這いずり出たということです。クラブの連中は、「一度入った穴だから出られないわけはないだろう。もし出られなくても、もう1週間も絶食すれば出てこれるさ」とほざいていたそうです。

ヘルメットの巻

探検部は山に行きます。時には岩を登ったり下りたりのロッククライミングも行います。この岩登りに必要な道具、それはヘルメットです。私たちのクラブの別名は〝ドロボー探検部〟というくらいですから、必要と思ったものはすぐに手に入れるべく頭や手を使います。

当時ヘルメットは500円くらいの安さでしたが、部員全体の数をそろえるとなると大変です。そこで私たちがねらったのは学生運動の活動家がカッコ良く愛用しているヘルメットです。70年安保時代に大学時代をすごした私たちのまわりには、日本共産党系の民青を超えたと称する新左翼の人々が多くおり、小さな派をつくっては組織闘争に明け暮れていました。当時は〝ゲバる〟という言葉が流行ったくらいぶっそうな構内で、赤ヘルや青ヘルや白ヘルの眼光の鋭い活動家たちが、毎日のように内ゲバをくりかえしていました。独眼竜を売り物にする活動家、足を引きずっている活動家もおり、これらの障害はいわば彼らの勲章のようでした。

私たちの作戦は、彼らのヘルメットを奪うという計画です。陽が落ちはじめた頃、学内で内ゲバが始まると見物に出かけます。角材や鉄パイプでなぐりあって勝負がついたあとに残るのは、いくつかのヘルメットという寸法で、私たちはハイエナよろしくこれを回収します。時には血を流しながら倒れている男の頭から、ヘルメットをひっぱがすこともあった気もします。

さて、このようなことをしばらく続けると、たくさんのヘルメットが入手できます。探検部のロッククライミング合宿を近郊の山で行うのですが、部員は全員、自力で奪ったヘルメットをかぶって山中を一列に並んで行進です。「行くぞお、われらがたんけんぶー」。白ヘルの中核派、白ヘルに黒いふちどりの革マル派、青は社青同解放派、赤ヘルはノンセクトラディカル、といった具合です。ある者はオートバイのヘルメット、またある者はナベと、多彩なヘルメットの集団。

あるとき、10人くらいの仲間とともに山中を行進中、いく人かの登山者に出会いました。彼らは、山中をさまざまな派のヘルメットをかぶった猛者連中が、思想の違いをのりこえて一列に行進する姿を見て、驚く者、あるいはこの美しい人間愛に感動を覚える者と、その反応はさまざまでした。

登山者の目にはどう映ろうと、私たちは、ただ登山の必需品であるヘルメットを最も労力とお金のかからない方法で入手しただけのことですから、「今からロッククライミングをやれる!!」と期待に胸をふくらませて行進をしていたわけです。

コークハイのつくり方

中国地方の大山の冬山合宿に行ったときのこと。雪山でコークハイをつくり飲むことにしました。金はもちろんないのでアイデアを出します。コークハイはコーラとアルコールがあればできるはずなので、この原料を入手することにしました。アルコールの方は、大学の化学教室で実験用に使っているエチルアルコールを盗んできます。これは化学系の部員にやらせます。コーラの方はというと、喫茶店のウェイトレスをガールフレンドにしている部員に、コーラのエキス(濃縮コーラ)を盗ませるよう指示します。これで材料は集まりました。

大山の雪山でテントに入り、紙コップにまずコーラの素を注ぎ、エチルアルコールをつぎ足します。次にテントのまわりの雪を固めた氷を入れると、おいしいコークハイのできあがりという次第です。調合が難しく、とてもスナックで飲むようなわけにはいきませんが。納得できる味ではないものの、このコークハイを飲み干しながら山の歌の合唱を重ねて眠りにつこうとしたとき、化学科の上野君が口走ったのです。とても恐ろしいことを。

「アレー、このアルコールはエチルじゃなくてメチルかもしれんなあ」

「メチルだとどうなんだ」

「エート、メチルだとね、眼がつぶれるのよ。終戦直後にアル中の連中がメチルを飲んで眼が見えなくなったこと知ってるでしょ」

「グェー、この野郎、もしメチルだったらただじゃおかねえぞ、やいウエノ!!」

なごやかな、そして神聖な山の夜に怒号がひびきわたりました。

2~3日後、山を下りた私たちの眼に異常はなかったので、殺人事件にまで発展せずにすんだのです。ヨカッタ、ヨカッタ。

雨水のおいしいつくり方

山では水は貴重品。水場が遠いときなど雨が降ってくれれば、当然その雨水を利用することになります。テントの外にナベを置いただけではとても使える分量は集まりません。そこで、テントに落ちた雨つぶが、テントの布をたどって落ちてくる先にナベや食器を並べます。そもそもテントというのは、過去さまざまな合宿の酷使に耐えた代物であり、汚い色に染まっています。したがって私たちが翌朝入手できる水は非常に汚れているというわけです。さてこれをどうやって使えばいいか。

私は一計を案じました。「要するに、汚い薄茶色の水を飲むのがイヤなのだろう。つまりは心持ちの問題だ」と考え、この水をわかして紅茶のティーバッグを入れてかきまわしました。するとどうでしょう、さっきまでの汚い水は、とてもおいしそうな紅茶に変身してしまっています。要は頭なのです。

おかずはバイタリス

ごはんはあるがおかずがないとき、あなたならどうしますか。しょう油をかけて食べますか、マヨネーズをかけて食べますか。それともおかずなしで食べますか。

私たちのクラブは、途方もないことをやらないとなかなか目立ちません。あるとき先輩の一人が、おかずに困って手許にあった整髪料をごはんにかけて食べてしまいました。この人に言わせると、「何とも言えない味。あまりうまいものではない」とのこと。変な人もいるものです。もっとも、シオカラトンボをなめても全然塩辛くないので、「塩からトンボという名前はインチキだ」などとほざく人もおりましたから、やむを得ないのかもしれません。

さて、この整髪料は資生堂のＭＧ５（エムジーファイブ）でした。学校を出てから私は何度か学生時代の想い出の一つとしてこの話を人に話したところ、事実が間違いなく伝わることの難しさにあらためて驚くことになったのです。

東京から札幌に転勤となってしばらく仕事に精を出していますと、いつの間にか私にあだ名がついていることに気がつきました。「バイちゃん」というのがそれです。どういう意味なのか、私自身もさっぱりわかりません。調べてみると真相は次の通りでした。

私の東京時代の知人が「あいつは変な奴でねえ。整髪料をごはんにかけて食ったらしいよ。たしかバイタリスだった」と札幌の友人にしゃべったらしいのです。それを聞いた人が「バイちゃん」とあだ名をつけたということのようです。私はまた、バイ菌のバイかと思って「ヤバイな」と思っていたので、ホッとしたようなしないような不思議な気持ち。「本当にバイタリスをかけてメシを食ったのか」と人から聞かれるので、「まあね、でも今は就職して舌が肥えたからね」と答えることにしていました。

イヤハヤ、世間の噂のいいかげんさとその広まるスピード、世の中恐いですねえ。

下宿をとうとう追い出される

大学3年になって、私は4回目の下宿への引っ越しをしました。「とてもいい人が下宿してくれた」と下宿のおばさんは大喜びです。実をいうと、私は第一印象が良いようなので、最初はうまくいくのです。

ある日、下宿のおばさんの用意してくれる夕食を食べに階下に行きますと、大変な美人の高校生がいるではありませんか。聞くと、最近やはりこの下宿の近くに引っ越してきた女子高生だそうです。夕食を一緒に食べながら、少し気をひかれて見ていますと、「久恒さん、手を出したらイカンよ!!」とおばさんから注意がありました。一応「ハイ」と答えます。

翌日、朝の登校時にたまたま彼女、名前をまりちゃんといいましたが、この人と一緒になってしまいました。どちらからともなく、映画を観にいくことになりました。

その3日後、彼女と公園でおちあって、「何が観たい?」と聞くと「ハレンチ学園が観たいとヨ」と言うではありませんか。ちょうどその映画が流行っていた頃でした。二人で、女の子のスカートをまくったりする全くハレンチな学園の様子を描いたこの映画を観たわけですが、その後、近くの公園に出かけました。春うららかな陽気です。青や黄色の花々が咲き乱れており、先刻の「ハレンチ学園」のイメージもすっかり忘れ去ってしまいます。

突然、彼女が持っていたカバンで顔をかくしたではありませんか。何事ならんと前方を見ますと、ああ、下宿のおばさんがいるではありませんか。私はすっかり恐縮して、平あやまりというわけです。

ところがやはり、春です。二人の気持ちはおさまりません。ちょうど、下宿の2階が私の部屋だったのですが、早朝、彼女が登校のためその下を通ります。私は目覚しをかけ、その前に起き上がるという寸法です。しかし声を出すと下に寝ている下宿のおばさんが起きてしまうので、私も一計を案じました。「何時にどこどこで会おう」と書いた紙をヒコーキ型に折って、彼女めがけて飛ばすという方法です。

「オレ、頭がいいなあ」と自己満足していましたが、残念、途中で木にひっかかってしまいました。急いで2枚目を投げ、彼女もOKして数度目のデートになるわけですが、運の悪いことに、おばさんに見つかってしまいました。ある雨の日、雨の強さで木にひっかかっていた紙ヒコーキが地面に落ちてしまったのです。またまた、しぼられてしまいました。

最後には、もっとはげしい失敗をやらか

してしまいました。友だちのところに泊まって、翌朝、下宿に戻って歯をみがいていますと、おばさんが2階に上がってきます。「久恒さん、あんた知っとるネ」「エ、何ですかあ」。このおばさんは、通常は、細長の目をもっていますが、この日ばかりはどういうわけか、この目が縦長というか三角になってつりあがっています。「あんたの部屋に、ウジ虫がわいたんばい!!」と言います。「エッ、アーそうですかあ」とボク。

事情を聞くと、おばさんが2階の掃除をしていると、ウジ虫が1匹いるのを見つけたそうです。その道をたどっていくと、私の部屋にいきついたというわけです。部屋を開けると、かなりの量のウジ虫が発見され、近所の大人を呼んで、よってたかって退治したということのようです。

ここでひるんでは男の恥と考えたボクは、「ヘエー、男やもめにウジがわくということわざがありますが、本当にわくんですネエー」と答えますと、このおばさんもさすがに堪忍袋の緒が切れたとみえて「出てケー」となってしまいました。

数々の失敗を重ねてしまい、とうとう、この下宿を出て、寮に入るハメになってしまいました。弟にこの話をしましたが、人には言うなと言っていたにもかかわらず、私のクラブの後輩でもあり、弟の同級生でもある岩永という男にしゃべったらしいことに気がつきました。この男、部会の席で「久恒ウジ、久恒ウジ」と、いんぎん無礼な呼び方をするものですから。

この二つ違いの弟には、大学時代に大いに迷惑をかけました。お互いに社会人になって、あらためて付き合ってみますと、弟は大変な皮肉屋になっていて驚きました。その寸鉄人を刺す舌鋒は、相手が苦笑せざるを得ないようなユーモアと皮肉に満ちています。それが世渡りの武器になっています。その口ぶりには人間観察の深さを感じるのですが、元はといえば私との間の理不尽な経験がそうさせたのではないかと、今になって反省しきりです。もう間に合いませんがね……。

顔がひんまがった

大学4年の夏、卒業してから返すという約束で30万円もの大金を借り、ヨーロッパ旅行に1ヵ月間行ったことがあります。その興奮のさめやらぬうちに秋の試験を迎えてしまうことになりました。

私は探検部での活動に忙しく、「時間がない！」といつも騒いでいるという生活だったので、マージャンを昼間からやっている連中を見ると、軽べつの目を向けていました。しかしこの時期は、就職も決まり、付き合いのためマージャンを覚えようと思い、マージャンをやりすぎて2年間も落第しているプロ並の弟を先生にして、マージャン修行を始めたときでもあったのです。

9月の半ばに行われる試験の最中の私の一日は、ざっと次のような具合です。朝起きると、その日の試験科目の勉強をして、ラーメンを食って、学校に出かけ、2時間ほど日頃の不勉強をごまかすべく必死に答案に取り組みます。寮に帰ると、マージャン仲間を私の部屋に集めて、ワイワイ言いながらパイをにぎります。そのうち帰ってきた弟を私のかわりに入れ、タバコの煙とやかましい下品な言葉の中で専門の法律の勉強を行います。腹が減ると、当時安くてうまかった日清のチキンラーメンにタマゴを入れ（マージャンに勝っているときは2個、負けているときは1個）、夕食にします。気が向くと、というより難しい言葉にあきると、またゲームに参加します。

マージャンに熱中した彼らは、明日試験がある男の部屋にいることなど忘れて、部屋をコーラのあきびんとタバコの吸いがらではげしく汚しながら、亡国の遊びにうつつをぬかしています。その横で仮眠をとって、起きると、徹夜で目の下にくまをつくっている連中の横でチキンラーメンを煮て食べ、また試験に挑戦するというパターンです。覚えはじめでとてもやめることができず、夢の中にも現われるパイを見ても「待ち」を考えてしまうというほどの時期です。電話番号を見ても、寮の部屋番号を目にしても、自動車のナンバーを見ても、マージャンを思い出してしまうのです。

そして、寮から出るときは試験を受けに行くときだけという生活の中で、食事はインスタントラーメンとタマゴだけしか食べていません。また、学生生活最後ともいうべき試験のためのハードな勉強に加え、スイスの山でスキーをした翌日には、スペインの地中海沿岸で泳ぐというムチャクチャな1ヵ月の海外旅行のあとであり、疲労も回復していなかったのです。

2週間にわたる試験が無事終わりをつげたある日、私は、心おきなくマージャンにふけりました。そして、泥のように寝てしまいました。翌朝、といっても、すでに夕方近くになって起きだした私は、洗面所で歯をみがいていました。

水で口をゆすごうとしたそのときです。私は妙なことに気がつきました。口にふくんだ水が、私の意思とは関係なく〝漏れる〟のです。歯をみがき、水で口をゆすぐという簡単なことがうまくいきません。部屋に帰って鏡を見た私の驚きは想像がつかないと思います。鏡の中の私の顔の左半分は、全く無表情になっています。試しに笑ってみると、右半分の顔しか笑っていません。笑うときは右半分がクシャクシャになり、左半分はうつろ、という具合です。さっそく友人に見せてまわり、「どうしたのだろう?」と問いかけてはみたものの、ビックリしたあと笑いころげるだけで、誰も何の役にも立たないのです。

マージャンをやる人にはそれぞれ特徴があるのですが、私の場合は、負けているときはシュンとおとなしく、勝ちがこんでくると口数が急に多くなり、人を口汚くののしりはじめ、ガハハハーと大声で笑う。一緒にマージャンをやっていて被害を受けた人は多いはずです。

2、3日そのままマージャンを続けていると、「久恒の顔がゆがんだ」「悪口を言いすぎて、口がまがった」という噂を聞きつけて、かなりの数の友人が交代で私の顔を見にきます。そして、人の心も知らないで、涙を流して笑いころげるのです。

私は楽天的な男ですから、その後、大して気にもせずに、得意のスジひっかけでマージャンの相手をおとし入れていました。ただ残念なのは、快心の笑みをうかべようとすると、右半分の顔がクシャクシャになってしまい、情けない笑顔となってしまう点でした。

九大病院に行き、先生に診てもらうことにしました。さすがに大学病院の先生だけのことはあります。一発で〝顔面神経まひ〟と診断しました。先生が言うには、この病気は原因がよくわからない、一般には疲労か栄養失調だということです。

「オーイ、看護婦は全員集まれえ」と、先生は20人くらいの美しい若い看護婦を集めました。そして私に、「笑ってみろ」とか「ひたいにシワをよせてみろ」などと言い、屈辱のうちにある私の心などおかまいなく、次のように断定しました。「皆さん、よく見たかね。これが、典型的な顔面神経まひだ」。若い娘たちは、納得げな顔をしてはいるものの、笑っている人もいて、わが生涯最大の恥辱でした。

故郷の中津に帰り、名医と評判の向笠先生に診てもらい、毎日注射をうつことになりました。奇跡的に早い期間で治ったのですが、その間、いろいろ不便なことが多かったのです。皆さんには想像もつかないでしょう。

まず、夜寝るときには、左の目に眼帯をします。なぜかというと、左半分の筋肉はいっさい動かないので、まぶたの筋肉が働かず、目を閉じることができません。寝ている間に、ゴミが入るので、その防止のため、眼帯をするのです。食事もひと苦労です。舌の筋肉が半分しかきかず、左半分は全く味がしません。またお茶を飲むときは、左側からこぼれないように顔全体を右に傾けて飲みます。さらにもっと情けないことは、ときどき、自分の手で神経のマヒした左半分の顔をマッサージする必要があることです。人間の筋肉は使わないと退化して、縮小してしまうからです。こうしないと、治癒したときに、左右が対称にならないのです。

すでに就職も決まり、あとは、もう一度、配属を決定するための面接が東京であることになっていました。こんな顔では、どの部署も採ってくれないのではないかと思いましたが、どうにか治り、胸をなでおろしました。

それから数年後、テレビを見ていた私は、驚きました。ロッキード事件で苦境にあった田中角栄首相の顔がゆがんでいたからです。マスコミは連日、顔面神経まひでゆがんでしまった田中首相の顔をテレビでさらし者にしています。私は同病だった者として、このようなマネは許せないと、マスコミに腹を立てました。そしてもっと許せない言葉に出会いました。テレビで、社会党の楢《なら》崎弥之助代議士が「私は母の言葉を思い出しました。私の母は、ウソをつくと口がまがる、と言っていました。田中首相は口がまがっている。これだけでも、田中のウソがわかる。やはり母の言葉はあたっています」と言っていたのです。田中首相のくやしさが思いやられました。

しかし、私はその後、食事や栄養に気をつけるよう努力し、そして、ウソもつかないよう心がけている次第です。

〝自称詩人〟のたわごと

高校生の頃から、少しですが詩を書いていました。自称詩人でした。着想が平凡で才能はなかったのですが、大学生になって、眠れない夜にひと晩かかって次のような詩らしきものができました。

シュールロマンチスト宣言

多忙なはつらつとした明るく輝くような俺たちの生活の中に、突如訪れるあの無気味な無限の暗闇と、ゾッとするような沈黙の響き。

不規則な波調でもって、唐突にしかも強引に日々の生活の中にしのびよる空間。

ほんの昨日まで、俺たちの論理が真理であり、俺たちの主観が世界であったのに……。

だが今、俺たちは感じる。底知れぬ沈黙の深淵、すべてが無意味な響きをもつ死の谷間、色彩のない透明な暗闇を。

淋しさというにはあまりに重く、孤独というにはあまりに深く……。

人間の全存在を、根こそぎゆるがし、なぎたおし、抹殺するあの深淵の悪魔。

いわゆる人格者の表層的な懐柔の言葉や、安易な解決を嘲笑し、無視し、そして厳存するもの。

軽薄な詩人の使う孤独とか空しさとか、そんなものでは、その一部をも真に表し得ないもの。

友だちとの友情だとか、女性への思慕によって決して消滅することのないであろうあの無限の底なしの空間。

俺たちがあの冬の大山で遭遇した、
夜空にまばたく無数の星の明りが、一面に降り積った白い雪の面で反射し、俺たちの心に郷愁を生じさせずにはいられないようなあの夜も。

降り積む雪を一歩一歩踏み固めながら、あのサクッサクッという心地良い、半ば力強い音を、俺たちが自虐的な快感をもって聞くとしても。

うす明るくともったランプの下で、一人ひとりが各自の想いにふけりながら、それでいて全体としてはもの悲しいほどの調和を保ちつつうたうとしても。

それがロマンであり、それが安らぎであるなどと俺たちは言わない。それがあの恐ろしい無の闇を背後に背負う一時の刹那的な感情であり、すべては幻であるということを誰にも否定させはしない。

俺たちは行くだろう。

未来とか青春とか書かれた錦の旗を持って、限りなき大海原の果つるところまで。若く力強く黒い墨で書かれたその字面が、きっと色あせ力なく老いてゆくのを知りながら。

空と海が一つの線になって連なるあの遠い遠い国に、何もないということを知りつつも、やはり何かがあるに違いないという甘い幻想を抱きつつ。

俺たちは愛するだろう。

あでやかに咲きほこる明日のために、ひっそりと庭の隅に咲く若いつぼみのような娘たちを。豊かな果汁を含む新鮮なレモンを想わせるういういしい乙女らを。

若いつぼみが花咲きやがて枯れ果ててしまうのを知りながら。レモンの乙女がその光る果汁を失うのを知りながら。

俺たちは想うだろう。

行動の終結が無であり、死が生の極点であるというあのニヒリスティックな安堵と、それなるが故にもつロマンとを。

俺たちは信じるだろう。

仮想であるが故に正しく、虚構であるが故に現実的で、現実的であるが故に美しく、保守的であるが故に進歩的であるというパラドックスを。

愛という言葉の氾濫が、愛が現実的には育ち得ぬ不毛の原野に俺たちがいるということを証明する。

ロマンという言葉が、ロマンのない人間たちの間で使われているということを知らないほどバカではないから、その言葉が俺たちの心から、ますます遠ざかっていく。

この世が終わるとき、俺たちは知るだろう。

めくるめく官能の嵐も、はなばなしい斗《たたか》いも、すべてが彩かに、一瞬にして色あせ、俺たちの生とともに、またあの暗く深い淵の底へ音もなくただ落ちてゆくのを。

だが、俺たちは耐えねばなるまい。

さまざまな虚飾でもって語られる言葉の羅列と、良心を殺し去る、あのもっともらしい論理によって。

真実の弱さの裏返しである、あの強さによって。

ペシミズムの逆説的表現である、あのオプチミズムによって。

あたかも、夜空にきらめく無数の星の輝きが、強烈な光輝を放つ太陽の出現とともに、たちまち無限の彼方へ没し去られるように、夢だとか理想だとかロマンだとかいう、あの絶対者の前では、たちまち色あせてしまう空虚な言葉を、それが故になお一層強調することによって。

―終―

法学部2年　スキー合宿報告

2 「八重山群島遠征報告」を読む

探検部3年生のときにリーダーを務めた八重山群島遠征は、私にとって大きな比重を占めています。

その遠征の報告書を丹念に読み、「報告を読む」というタイトルで部誌に投稿しました。以下、その内容です。

遠征は、計画書に始まり、報告書に終わるのが常であるが、報告書は現在の情況では、もっぱら「出すこと」に比重がかかりすぎていて、「読むこと」をおろそかにしている面があるようだ。遠征の結果を盛りこむ報告書を読み、討論することで、遠征の真の意味での総括が期待できるのだと思う。ここでは、『八重山群島遠征隊報告』（1971年　九大探検部）を読み、八重山群島遠征の総括の一助としてみたい。「趣旨」によると明らかに二つの大きな問題意識がうかがえる。

一つは「主体性の問題」であり、一つは「探検される側にとって」である。学術探検を「主体性の抑圧者としての学術調査」という言葉で批判している。この隊は、出発前に個人的計画書を提出し、遠征終了後に個人的総括を提出した。個人的な計画書と総括の双方を含む「報告」を読むことで隊の表情がうかがえるだろう。

さて、ひと口に「主体性の問題」とはいっても隊員各自の考え方はどうであったのか。「主体性の確立」(久恒)、「主体性のない人間でない自分をつくる契機」(三浦)、「主体性の確保」(友清)、「主体性の発揮」(田中)、「非主体的かつ受動的な性格の克服」(山田)、「主体性の尊重」(内野)、が報告書の中に登場した言葉である。大勢は、個人の主体的な行動の構築をめざすものである。

隊の計画書には「主体性の抑圧者としての学術調査」という言葉が見えるが、これは個々人にとっての言葉でもあるが、また、部全体の流れに対しての批判でもあると思う。探検部自体の主体性(つまり、OBや顧問の先生方に対して、学生としての主体性、また他大学探検部に対しての主体性)を問うていたのではないか。私たちが出発前、OBや部員全員と幾度も討論を重ねたのも、部自体の主体性の問題がその大半を占めていたように思う。公的な計画書の中の問題を私的な問題へとスライドさせたときに、やはり私次元の問題のたて方を可能にしたと言えよう。

さて、個人的報告書に見る隊員の意見はどうだったか。田中は、成功・失敗の速断を戒め、いかなる場合にでも失敗を防ぎうるのは「問題の切実さ」にあると言っている。彼の報告書の調子には「満足」という言葉が見えるので、彼が自分に課した課題（「体力・精神力・技術」を身につけ、隊員としてすべての責任がとれるようになるため基礎的なものを充実させること）の遂行は、「切実さ」の意識のもとにかなりの程度なされたのだろう。「問題の切実さ」とは、問題に対する主体性の有無と考えてもいいと思う。

森山は、語るときの的はずれの独断的なものの言い方とは異なり、的を射た言葉で遠征をふり返る。「主体性ということが、抽象的・観念的に叫ばれていた」「主体性ということが具体的にはどういうことなのか、主体性はどこまで認められるべきか、についての議論がなかった」。部の流れに対しての批判は（これは最も強烈に押し出されたものだ）、当然、学術探検オンリーに対する批判になるのであったから、抽象的な表現を使用しなければならなかっただろう。ここで森山が批判しているのは、そういう次元ではなくて、〝遠征を創造する〟という場合における具体性の要求であると思う。批判の言葉としての主体性ではなく、創造、実行の有力な武器としての主体性という言葉の使用に対する疑問だと思われる。隊と個との関係、ということを言っているのではないか。田中の危惧「まったく自由に、何もせずにいるという悪い面が出てきはしないか」、この不安は、「自分の計画したことをやらない者までいた」（森山）とあるように、ある程度現実化したわけだ。とすれば、隊の構成の根本的な問題である、隊としての一体性と個の主体性の発揮という問題に対する試みに対して明確な解答を引き出すことができなかったのではないか、とも思えてくる。

〝ゆるやかな集合体〟を目指した我々は、集団維持のための約束ごとは、共同生活を送る場合の心得だけだし、リーダーは生活上の障害を取り除くこと、夜警なみの役割程度だと認識していたのは甘かったのだろうか。

1年生部員に登場願おう。報告書には、1年生部員の報告はあるが、本心を吐露したものは少ない。内野は自他共に認める「カミキリキチガイ」で、その報告、植生の報告もあり、明確な目的意識をもち行動していたと見ていいと思う。気になるのは友清の報告書である。「私の場合において……当初からそのようなもの（今隊の目的）は、この世に存在しなかった」「失敗に対する処方もわからず、半分ヤケっぱちで半分居直っている」これを1年生部員のある部分の代表と考えてみよう。彼らの場合においては〝3年または2年のイニシアチブのもとに計画された遠征〟という意識があり（3年・2年が1年をまきこんで討論したと思っているにせよ、だ）、「問題の切実さ」は、この遠征の与える影響が、さきざきの部生活、ひいては人生にまでも少なからぬものを及ぼすであろうと予感していた2・3年生部分よりは希薄であったのだろうか。とすれば、反発は、2・3年生部分にとっては、有力な反省の契機となろう。松岡・藤田・福山・松尾が、いわゆる内面的な報告書を提出しなかったのはそれなりの理由があると思う。「合宿全体について言えば、だいぶしらけていたし、皆非協力的だったと思う」（浜本）というのは、遠征中の行動に対する感想であるが、これは遠征全体に対しての批判の表面的な一角であるのかもしれない。遠征の評価は、肯定的にせよ否定的にせよ、率直に展開してほしかった。

「問題の切実さ」から言えば、最も苦しんだのは馬場だったと思う。報告書の中にあらわれた文章には心打たれるものがあった。部のマネージャー、隊のサブリーダーという最も難しい立場にあった人間の率直な回想だ。私は彼の報告を読んで八重山隊の総括集を肯定したくなった。このような報告を出した彼を評価したいと思う。またこのような報告が出ることが、八重山隊の価値の一つなのではないかと思う。

山田は、「疑似計画書」を提出した。この「疑似」を入れるところが彼らしいところで、批判でもあるのだろう。脱アウトサイダーをめざす山田の計画は、「遠征隊＝私として実行」「探検とのかかわりあいの可能性の模索を試みる」「指針が与えられるだろう」だ。報告は、アカマタについてのものがすべてで、計画の実行の具合はわからないが、それは胸のうちにあたためておくのであろうか。次に三浦はどうか。「主体的な人間となるきっかけとして探検部活動を考えたい」「自分の世界を拡大する、自己の将来について真剣に考える一助としたい」これが計画の中に見える三浦の探検観である。報告の中には計画のときほどの意気込みはみられないが、「相当無理な理屈をこねていた」にしても、その方向をとり続けるであろうと思う。

以上をふまえたうえで私は次のように考えたい。九大探検部における〝主体性論争〟は、学術調査志向の客観的価値（科学的発見、真理の探究等）を重視する人々、あるいはそういう部の主流に対する反対宣言（学生クラブとしての探検部の在り方を考えたときの）であった。〝主体性〟ということを問題にし、かなりの部分に、それについての考えの表明を迫った八重山群島遠征は、今になってみれば、おそらく探検における主観派宣言だったのだと思う。この世界を自らの体験でとらえたい。人間としての自分の存在を証明したい。人間としての自分を回復したい。何でも見たい。何でもやりたい。主体性のある人間になりたい。自分を確かめたい。そういう願いを実行に移すこと、そのことに価値を見い出す人間は俺たちであり、これからもその方向をおそらくは進むであろうという宣言だったのではないか。

さて例の二つ目の問題点である「探検される側」についてだが、報告の中には、この問題に対する見解は、森山の意見……離島での閉鎖的な祭りを広報することは良いことなのか？「たとえ、沖縄が日本の手に戻ろうとも、沖縄人を見るあの視覚の本質が変わらぬ限り、真の返還はあり得ぬ」（友清）くらいが目につく程度で、私の意見も未だ一般論の展開をするにはいたらないので次の機会にゆずる。

私自身について少々述べてみよう。方法やものを見る眼の未熟さという面からは、反省すべき点が多いが、自分のつくった計画の実行の程度については不満はない。「沖縄の離島」「鳩間島の豊年祭」「奄美・八重山の方言」についてはさておき、「探検について」の項を見てみよう。今回のリーダーという役割については「隊を出発の状態にまでまとめあげること」を主眼としていた。

鹿児島港での乗船手続完了時に「遠征99％完了」と私が言ったと記録にあるが、そういうことだったのだと思う。「部と私とのかかわりあいを重視する」とあるが、やはり、立場が考えを強制するという面もあったのかもしれない。今は、過去のそういう自分を客観視できるが、完全な個人としての自分に眼が向いてきたようだ。「創造と交流の相互作用の中における実存の発見」（発見、そして確認か）が、部の私にとっての意味であった。これは確かにそうで、集団の中の自分に興味があった。ｃａｐをやめて1年にもなる今、自立した個人としての自分にとって、探検という言葉の意味が少し異なってきたのかもしれない。部との関係の強烈さが消え去った今、社会に出る（就職する）自分がどのような探検をやれるのかということが問題になってきたようだ。私の今夏(72年)の1ヵ月のヨーロッパ旅行は、探検部生活の総決算であったし、その問いへの一つの大きな試みであったのだが、今はまだ総括をするところまできていないので次の機会にしたいと思う。

3　軌跡（九大探検vol.4より　1972〜1973年）

大学卒業にあたり、就職する会社から大学生活について一文を書いて出すようにと、お達しがありました。ちょうどいい機会なので、なぜ就職するのかも含め、大学生活の総決算を試みることにしました。以下、その内容です。

大学2年の夏、私は、九州大学・長崎大学合同奄美群島学術調査隊の一員として奄美に1ヵ月滞在した。私の所属する探検部というクラブの夏季合宿なのだ。1年の冬に入部した私にとって初めての大きな合宿だった。

生物班、ダイビング班、風葬班、ケイビング班（洞窟班）と分かれた中のケイビング班の一員として、私は1ヵ月もの間、各島の鍾乳洞の調査にあたった。

両大学の教授二人を上にいただいた合宿は、調査面においても、また考え方や人生観の面においても、私のそれからの大学生活に多大な影響を与えたようだ。南国の強烈な太陽の照りつける昼間、私たちは、猛毒をもつハブが棲むといわれる洞窟の入り口を注意しながら、一日中涼しい、時には寒いくらいの洞窟の調査を行った。ヘルメットをかぶり、自動車整備工の制服を着て、泥まみれになって、狭いジメジメした鍾乳洞を探検した。私はその中で、自分がやりたいのは何なのだろうか？という疑問にぶつからざるを得なかった。何でもやってみようと思い、夜は民家を訪ねて方言の採集をやってみた。奄美大島を中心に喜界島・徳之島・沖永良部島各島の方言を採集し、その比較を試みてみた。私はその中で、採集自体よりも、それを通じての島の人たちとの交流の方に楽しさを感じていたようだ。

大島では、宿舎であった西仲間の公民館に遊びにくる日焼けした子供たちを集め、方言を採集したり、いろいろな話をして聞かせたり、それは全く楽しい日々だった。今や標準語教育の徹底の中で失われてゆく奄美方言、子供たちが語った言葉を私は忘れることができない。「先生がこう言った。『学校では標準語を使っても、奄美方言を忘れぬために、家では方言を使いなさい』」と。

探検という言葉を用いるクラブの一員である私は、離島や辺境に足を向けることが多くなるのであるが、人々との接触の中で、なぜかこの言葉が浮かんできてしまうのをどうしようもない。日本本土から遠く離れた離島の人々の生活のひたむきさを感じる。

ケイビング、風葬のガイコツ探し、泡盛を飲んでうたった夜。どうやら秋には、私はクラブを続けようか、やめて司法試験の勉強をしようかという迷いに結論を出していた。秋・

冬・春と、スキーや山の縦走、ケイビングの活動に専念する自分を発見していた。

奄美から1年後の夏、私は八重山群島遠征隊を組織し、沖縄の中の辺境である八重山群島にいた。この遠征は、今までのクラブの主流である学術調査を批判し、主体性をとり戻そうというものだった。そして探検される側にとって探検とは何か、その問いの提出。奄美でぶつかった問題、喜界島の水源の発見は、この島にはかり知れない収入をもたらすため、島の人たちの念願でもあった。調査するということは、現地の人から何ものかを奪うということなら、何か役に立つことをすべきではないか。

本土復帰を控えた虐げられた沖縄、そしてその沖縄の中でも辺境として顧みられることの少ない八重山群島の離島の現状をレポートしたいと思った。教育面、衛生面、過疎問題等を調べた。八重山の中心である石垣島の高校へ行くためには、与那国島の人はどうしているか。金がいる。働き盛りの人が一緒に小さな船で10時間かかる石垣島へ出てゆき、働いて金を工面するのだ。そのため、与那国島は空家が多く、老人が多く、過疎化の急速さには手の打ちようがない。工事をするにしても、資材が届かない。シケがあれば10日以上も船がこない。テレビは1日遅れだ。日曜日に相撲の14日目をやっているし、新聞は3日に一度、水道もない。収入もキビや漁業の低収入。善意の医師による治療、その医師も死んだ。周囲3キロメートルの鳩間島では、500戸もあった家が、今や総人口67人だ。店は2軒しかないし、ちょうどこの年の夏は数十年来の水不足で、島民は交代で小さな舟で水をもらいに他島まで行かねばならなかった。

八重山保健所の話では、やはりバセドウ氏病やトラコーマやライ病も多く、衛生面でも本土よりかなり劣る。医師の絶対的な不足、実入りの悪い離島には見向きもしない。本土復帰をしても、本土に近い方から医師を充足するので、見通しは暗いということだった。患者と行政府の板ばさみに苦しむ公衆衛生看護婦。また、屋久島や奄美の与論島に見る観光開発による環境破壊、これはもはや本土復帰を控えた八重山の運命であるかもしれない。沖縄では当時〝円〟ではなく〝ドル・セント〟だった。

沖縄の人は、50セントのことを50セン（銭）という。考えすぎかもしれないが、沖縄の立場をきわめて鮮烈に表わす言葉ではないか。人口67名の鳩間島の豊年祭。この日はこの島出身で他島にいる人たちが帰ってくる。人口は一挙に3倍にはなっただろう。郷友会という青年の団体が石垣島にあった。豊年祭の練習をやっていた。故郷を守ろうとする人たちの地味な活動だ。この日、島は一日中飲めやうたえの大騒ぎとなる。ハデな装束をつけた若者たちの剣舞は、その迫力においてすさまじいものがあった。綱引き、はりゅう船の競走。全島あげてのお祭り。島の人たちは年に数回、こういう集いをもつらしい。私はこの祭りの起源や形式を調べたのだが、そういうものより、故郷を愛する人たちの心の方に打たれたようだ。

私はこの隊のリーダーであったので、20日間かなり緊張して過ごした。隊の解散後、私は、高校時代の友人内尾君と待ちあわせて、二人で台湾へ旅立った。気ままな旅だった。初めての外国だ。日本語の通じないところへ行ってみたいという単純な願いからだった。

台北、台中、花蓮の二人の、あるいは一人の旅は実際愉快だった。台湾の人は親日的であったし（ちょうどニクソン大統領の訪中発表の直後であったが）、少し年輩の人は、なつかしそうに日本語で話しかけてきた。学生たちとは、慣れないヘタな英語で意思を通じあうことができた。台南で数学を教えているという24歳の若い教師、兵役があるそうで帰ったばかりだという。日本の学生は幸せだなあと思い、憲法9条にちょっと感謝。

彼は私たちを豪華な酒店（ナイトクラブ）に連れていってくれた。ニクソンの訪中をどう思うかと問われた私は、中国は国連に加盟すべきであり、訪中は良いことだと思ってはいたが、思いつめた目を向ける彼にそうは言えなかった。台湾は唯一の中国だ、などと後ろめたさを感じながらも言ってしまった。ウソをついては真の対話は生まれないとは言いながらも、そうとしか言えなかった。台中でホテルを経営する実業家。彼は日本人学生の外国旅行を評価していた。日本人は〝考験〟しているのだと彼は言った。経験して考えるというほどの意味だろう。台湾の景勝地もかなり見たが、景色なんぞは、人の足を長く引きとめるのに役には立たない。

人間や文化の方に興味を引かれる方の私にとって、台湾の文化状況、経済状況は考えるに足るものを見せてくれた。巨大化した日本経済の東南アジアへの進出が盛んに問題にされていた時期であったが、まさにすさまじいものであった。テレビ（電視台）は日立・サンヨー・ソニー・ナショナルだし、自動車はトヨタ・ニッサン、クスリはアリナミンだ。街で見るものの中から日本製品でないものを探すほうが難しい。映画はと見ると、座頭市や高倉健、そして人気のある俳優は、吉永小百合か、台湾出身のジュディ・オング。野球の怪物・王貞治、碁の林海峰が人気があった。日本の製品は高い。5万円のテレビは台湾では20万円もするのだそうだ。テレビやラジオから流れてくる歌を聞くと、これまたビックリする。『長崎は今日も雨だった』が流行しているし、『恍惚のブルース』など、全部が日本の歌謡曲だ。

台中で知り合った電話交換手の20歳の女性（彼女の父は日本人だそうで、日本語がかなりうまい）は、ラジオの歌が皆日本のだと言うと「これは台湾の歌よ」と言った。それはフランク永井の『君恋し』だったのだ。私たちがそう言うと、彼女は悲しい顔をした。私はすまないような気がしたが、反面少し得意にもなっていたようだ。

タイの排日運動が盛んになり、日本人の海外での姿勢が問題にされている。台北の街中で見た伝統的な演劇、孔子を祭ってある廟なども、日本文化の圧倒的な姿勢のもとでは風前の灯みたいな気がする。この情報化社会の中で、テレビのもつ役割は不気味なほど大きいと思うが、台湾でも日本の現代文化（いわゆるエロ、グロ、ナンセンスを含めて）がテレビ・ラジオというメディアによって台湾人に浸透していくのだ。

タイでも子供たちの人気の的は、日本の柔道や剣道のドラマだと聞くし、不気味なことだ。文化攻勢を伴う経済的進出あるいは侵略。国民相互の付き合いも結局は一人ひとりの問題なのだ。私は、日本人として他民族との付き合いの方法を模索したいと思う。

今日のように年間100万人以上の人が世界に旅立つ時代だが、国と国との関係も、基本は、個人と個人の付き合いの集積だ。台湾旅行は、私自身の台湾人に対するかすかな傲慢さに反省の機会を与えてくれたし、異民族との交流を考えるうえで役に立ったと思う。また台湾の政治状況、これも複雑だ。台湾土着の人々は、本土からやってきた蒋介石一派を憎んでいるし、蒋介石の言論統制により、人々は赤い中国の状況をほとんど知らない。ある大学生は、私に中国のことをいろいろたずねた。彼は言った。「I search for the truth.〝ボクは真実を探しているんだ〟」その言葉には強さがあった。日中国交回復がなされた今、台湾の人はどうしているのだろうか？

登山や鍾乳洞探検、ダイビング、ちょうちょう採り、確かにおもしろいし、やりがいもある。だが、私はこの頃どうやら、海外への旅に興味をもちだしていた。外的世界の拡大とそれに伴う内的世界の質的変革、この言葉がこの頃の私の心を占めていたようだ。そして去年の夏（4年生）、就職の決まった私は、30万円の借金をして、ヨーロッパに行った。クラブの山田君と一緒に、スペイン・フランス・東西ドイツ・オランダ・デンマーク、イタリア、スイスを1ヵ月でまわった。一昨年の台湾旅行が文化的にも経済的にも日本の植民地状況におかれた外国の旅行だし、言葉にしても日本語が結構通じるし、体格、顔立ちも我々と大差ない、いわば準外国であったのに比べて、ヨーロッパは私に新しい世界と体験を与えてくれたようだ。

もし文明度というものがあるとすれば、それをはかる一つの基準が、人命の尊重の程度と見ることはできないだろうか。スペインの車は乱暴だ。人間よりも自動車の方が優先らしいのだ。私はふと台湾を思い出していた。台湾の車の乱暴さはひどいものだった。台北市内はよほど慎重に歩かなければ命を落とすことになる。人間は車を見ると逃げなければならないのだ。フランスやドイツでは身の危険はさほど感じなかった。そして日本はどうか、やはり危ないけれども大方のところは信号を守っていれば大丈夫だ。文明度の基準として、人命の尊重の程度を考えるとこうなる。フランスやドイツは高く、日本はそれに次ぎ、つづいてスペイン、そして台湾。

公害や戦争という面、堕胎や殺人という面からも、この文明度を比較できないだろうか。一つの基準を設けて比較するのはおもしろいことだが、私は、アメリカ資本主義の代表であるコカ・コーラについておもしろいことを発見した。コカ・コーラの値段が国によって全くマチマチなのだ。スペインでは1リットルビンが100円なのに、フランスでは200ミリリットルでも100円を超したりする。このコーラの値段は、関税のこともあるだろうが、基準となるものは何なのだろうか。台湾では飲む人が少ないのに高いし、デンマークでは1リットル入りが百数十円相当。今や多国籍企業として世界を制覇するコカ・コーラには、世界の中での各国の実力や価値をはかるものさしがあるはずだ。そんなものを知りたいと思ったりしたこともあった。

ヨーロッパでは毎日、山田君と気づいた事柄について討論をした。大都市の比較や民族性や合理主義、幸福度なんかについて、だ。その中の一つに福祉国家があった。今、日本では来年度予算の構成が話題になっている。来年度予算の目玉は〝福祉〟なんだそうである。福祉国家という言葉は、今や完全に市民権をもってしまった。その手本は北欧のスウェーデンやデンマークらしい。デンマークの福祉はどんな状態か。

私と山田君は、コペンハーゲンの郊外のアパートに民泊をすることになった。デンマークでは、生活のあまり楽でない家庭が、旅行者に部屋を貸し、生活費の一部にあてるという制度があるのだ。ほほう、でも福祉国家だから生活は楽なはずだがと思ったりした。

私たちの入った家庭には、30代の未亡人と二人の子供がいた。いいオバさんで、私たちの質問にはこころよく答えてくれた。会話は同程度の会話力の英語。この家庭は、奥さん一人が働いているから、デンマーク人としては裕福な方ではないと思う。収入は15万円だが、税金はなんと45%とられるそうだ。住居はアパートで3部屋とキッチンがあり、三人家族としてはかなり広い。住居費はかなり安く、物価は高いが、スーパーで買いこんでくると安くあがるのだそうだ。住宅は日本よりはかなり良いと思う。

バスは老人だらけ。ジイジイバアバアの国だ。老人たちのためのドライブタイムというのがあって、ほとんど無料で乗れるそうだ。コペンハーゲンの中央にチボリ公園というのがある。ここでも老人への配慮がみられた。入場料は若い人には多く、老人はごく少ない料金で入場できるのだ。公園は、素晴らしいイコイの場所なのだ。ヒマをつぶすための遊び場所も豊富だ。北国は太陽が少ない。この日射しを求めてこの国の老人たちは公園に集まる。日光浴、平和な風景。この国では65歳になると働くのをやめる。国からの年金が、かなりの額もらえるのだ。日本の老人問題が、住居や金の面で悲惨さを帯びるのとは異なって、この国の老人たちの生活は安定している。

老人たちの多くは、郊外の老人ホームで共同生活を行う。「老人たちは幸せですねえ」とおばさんに言うと、「そうは思いません。老人ホームでは毎日毎日人が死にます」老人たちはそのさびしさに耐えられないのだそうだ。「老人の幸福は、家族と一緒に暮らすことです」と言う。この家庭も、おばあさんは遠くにいるということだ。経済力があれば一緒に暮らしたい様子だった。日本では核家族化の進行により、老人は家族と一緒に暮らす機会が少なくなったと言うと、「それは不幸なことです」と彼女はのべた。実感的な重いひびきをもつ言葉だった。

ある日、私は山田君と観光バスに乗っていた。観光バスは性に合わないけれども、この国の誇りである〝福祉コース〟なのだそうで、少々高かったが乗ることにしたのだ。このコースの名称は格調高いものだった。〝World of Tomorrow〟（明日の世界）。この魅力的な名称に心を踊らせながら乗りこんだ。

老人ホーム、幼稚園、学校……。バスの解説者は青年で、すごい雄弁家だ。この1ヵ月の間に若干の自信をつけた英会話だが、痛い経験だった。全く理解できないのだ。細々した単語をつないでゆくと、この青年の自国の福祉に対する自信は相当なものだと思った。子供たちの遊び場を占領して説明を聞く。

次は小学校。立派な学校だ。青空教室もやっていた。設備はきわめて良い。次は老人ホーム。老人たちは共同作業場で工作や編物をやっていた。それを見守る職員、そして観光客のアメリカ女性の老人たちを見る目は、〝ほほえましいわ〟とでも言ってるようだ。当の老人たちは、我々侵入者には見向きもしない。腹立たしさに耐えているかのようだった。私は早くこの場を出たいと思った。見世物じゃないか。率直な感想。これが〝World of Tomorrow〟か、貧困な未来だ。大げさなタイトルだ。これくらいの施設は近い将来日本中にできるだろう。だが、福祉とは設備をつけるだけでいいのだろうか。

確かに日本より良い。経済的に不安定な日本の老人よりは幸せだろう。だが日本の場合も設備はもちろんだが、その先のことを考えねばダメだと思う。福祉国家は、パイを等分に分けることだと思う。日本での分配の不公平さは目に余るものがある。パイの大きさを拡大しつつある日本とは逆に、パイの大きさの限界があるデンマークはどうなるのか。

日本については次のように推論できまいか。日本が政治の方向を福祉という面に向ける努力をするなら、この北欧の自慢の社会保障を抜き去ることは容易だろう。現に、北欧諸国は経済の成長はきわめて鈍い。先の円切り上げのときも、ドルに対して切り上げたのは北欧ではスウェーデンだけだ。パイの大きさが小さければ必然的に平均的に貧しくならざるを得ない。〝World of Tomorrow〟の国はすでに〝World of Yesterday〟の国へとなりつつあるのだ。日本が福祉国家への道を歩むことは歓迎すべきだが、福祉の中味をよく考えないととんでもないことになる。人間の幸福とはいったい何なのだろうか？

私の大学生活は、悔いのないものだったと言っていい。この4年間大きな比重を占めたのは探検部での生活だ。私はここで成長してきたし、私の人生の肥やしとなる人間関係を、多く得ている。私はここでの生活の中で、人間集団の一員として社会との接触、いわゆる社会性を獲得してきた。クラブにおけるさまざまな行為（合宿・遠征・雑談・コンパ・討論 etc.）は私に、創造と交流における実存の発見、確認、そして社会性の獲得をもたらした。「探検部は、青白きインテリを否定し、体力・精神力ともにタフな行動的人間を養成する」という言葉は、私が「学生案内」に書いたものだが、そういう人間をめざして動いてきたのだと思う。

さて、ここまで私は自分の大学生活の軌跡をたどってきたが、4年生になって就職という問題にぶつからざるを得なかった。就職。現代の学生にとって、この言葉のもつイメージは明るいものではない。壁、敗北、という感覚をもつ人が多いのは事実だと思う。私にとっても明るさだけではない。「就職を機会に探検から足を洗う」という人もいる。それでいいと思う。だが私は、その方向にそった人生を送りたいと思っている。

探検、旅行、海外、といった類の言葉と少しでも関連のある職場につきたかった。それなら自分も納得できるし、企業の規律も我慢できると思う。私は将来、世界を飛びまわりたいと思っている。就職は企業との取り引きだ。私は、以上のような意味で、将来は月にも行けるかもしれない航空会社を選んだ。私は、民族や国の比較、文明の比較、政治の比較などを勉強したいと思う。今はまだ模索中だが、自己存在の証しとしてライフワークとでも言えるものをつくってみたい。私は、知的好奇心を失いたくはないし、就職しても考えることを大切にし、自分の人生を大切にしたいと思う。

4　知的生産の失敗

大学の2年生のときに奄美群島を対象とする学術探検隊の一員として奄美に行きました。私は鍾乳洞班に属す一方で、奄美の方言について調べることにし、家庭訪問や小学生へのインタビューをするなどして報告書を書きました。結局、これは自分たちのテーマをもった自主的な探検ではなかったのではないかということになり、そこで、3年になったとき、学生たちだけの自主的な探検を標榜して私がリーダーになって学生だけで沖縄の八重山群島の探検に行きました。まだ沖縄が本土復帰前でしたので、パスポートをとって行きました。

探検の「検」は冒険の「険」ではなく、探し、調べることにあります。探検と冒険は概念が全く違います。探検は、危険を冒して行くことに目的がある冒険と違って、調べることに目的があります。調べたことは必ず報告書という形でまとめなければなりません。そうでないと、探検の成果は世に問えないことになります。

そこで私は、遠征に参加する部員一人ひとりに何を調べたいかを書いた計画書を提出してもらいました。こうして、20日あまりの間に沖縄の八重山群島の石垣島、与那国島はじめ数十人の住民しかいない鳩間島など周辺の小さな島まで行って、漁師や青年団、主婦などの人たちと会いました。

私は個人のテーマとして、「沖縄は日本の中で差別を受けている。そして八重山は沖縄の離島でもあり二重の差別を受けている。本土復帰にあたって何が問題なのか」ということを調査しました。帰ってきてから全員で約100ページほどの報告書をつくりました。

当時は文化人類学の勃興期でしたので、私たち学生もその熱にあおられてフィールドワークをしたわけです。報告書をまとめるのに梅棹忠夫先生の著書『知的生産の技術』を参考にしました。

大学4年生になったとき、就職したあとで返済するという条件の銀行システムを利用して30万円を借りて、友人二人とヨーロッパ8ヵ国を1ヵ月かけてまわりました。このときはB6判の京大カードに何でも見聞きしたことを書きこみ、それが200枚ほどになりました。帰ってからまとめて本にしてやろうと野心をおこしましたが、これは途中で投げ出しました。当時は京大カードをたくさん仕入れて「知的生産」をすることが流行っていましたが、実力不足のため、どうしてもまとめられませんでした。

第二部

日本航空

1　30歳の転機。絶望からの出発

何者でもない自分

私は30歳になったときのことを今でもよく覚えています。それは苦い思い出です。なぜなら、30歳になったときの私には「何もなかった」からです。

20代を振り返ると、惨憺《さんたん》たるものでした。仕事はロクにできない、大した能力もない、恋愛も失敗ばかりしている。まわりの人と比べても、「自分にはこれができる」と自信をもって言えるものがない……。自分は「何者でもない」ことを、まざまざと思い知らされました。

大学時代の私は、勉強はあまりしませんでしたが、クラブ活動には精一杯打ちこみ、とても充実した時間を過ごしました。

しかし、会社に就職してからは、毎日のように飲み歩き、雀荘に繰り出し、本を読んだり、人生について考える時間もなく、家に帰れば寝るだけ。会社にはいつも始業ギリギリに出社していました。

最初に配属された工場の始業時刻は8時45分で、私の出社時刻は、決まって8時45分、早くて8時44分でした。タイムカードにはお行儀良く「8：45」か「8：44」を打刻。いま振り返ると、赤面の至り、情けない思いでいっぱいになります。

ただ、仕事に対しては、自分なりに一所懸命に取り組んでいました。決して怠けて、いい加減に過ごしていたわけではありません。

とはいえ、将来について何のビジョンも目標もないし、目の前にある仕事だけをがむしゃらにこなして、あとは遊びまくるだけ。仕事も仕事以外のことも、完全に地に足がついておらず、空回りしているだけの状態だったのです。

人生、これではうまくいくはずがありません。そうした状況の中で、30歳になった私が実感したのは「何者でもない自分」だったのです。もっと言えば、私は自分が「凡人」であることを強烈に自覚しました。

さらには「路傍《ろぼう》の石」であることを思い知らされもしました。路傍の石、つまり、自分はその辺に転がっている石ころの一つにすぎないということです。

20代の初めまでは、多少なりとも人より秀でたところがあると自負していたため、30歳になって、自分が凡人であって、さらには、路傍の石にすぎないことを思い知らされたときは、さすがにショックでした。

世の中のほとんどの人は凡人です。何の努力も工夫もしなければ、路傍の石で終わってしまう。「自分には何か特殊な才能がある」とか「オレは天才肌だ。オレの才能は凡人にはわからない」などと思っている人がいるかもしれませんが、そうした考えのほとんどは、間違いなく「勘違い」だと言い切れます。

努力も工夫もしない「天才」は存在しない。このことを理解できない限り、「こんなはずじゃなかった」「オレのことは誰もわかってくれない」といったグチや責任転嫁をいつまでも続けることになってしまうのでしょう。

答えは、自分の足元にある

「自分探し」という言葉が一時期、ずいぶんと流行りました。「ぼくは今、自分探しの真っ最中なんだ」とか「私は自分探しの旅をしているところなの」というふうに。今でもこの言葉を使う人はいるように思います。

しかし、この「自分探し」ですが、私に言わせると、かなりおかしな言葉に感じます。「探す」というからには、すでに「自分」がどこかにあることが前提になっているはずです。

若いときには、「いくら自分を探しても、自分はどこにもいない」と思ったほうがいいと思います。もちろん、自分はそこに存在しているのですが、何の努力もせずに「『何か』ができる自分」は、どこをどう探しても、見つかるはずはないのです。

とはいえ、今でこそこのような達観したことを言っていますが、若いころの私はまさに自分探しをしていました。少なくとも私の20代は、この自分探しの期間だったように思います。

「こんなはずじゃない」「オレはもっとできるはずだ」「オレは特別な何かをもっているはずだ」。こうした気持ちが心のどこかにある一方、何も成すことができない自分にもどかしさといらだちを覚えていました。今にして思えば、私の20代は「錯覚と幻想」の年月だったように思います。

ただ、そうやってもがきながらも、さまざまなことに挑戦はしていました。

たとえば、20代後半にロンドンに赴任することになったときは、貯金はいっさいしないで、現地でしか経験できない観劇や観光をすると心に決め、実際その通りにしていました。そうした経験も、今になって思えば、その後の自分の糧にはなっていると思います。しかし、当時を振り返ると、やる気だけが空回りし、その結果、何かを生み出すこともなく、ただ時間が過ぎ去っていっただけでした。

だからこそ、30歳になったとき、私は自分の無力さをつくづく実感したのです。それからは、もう自分探しなどに精を出しませんでした。いくら探しても、見つかる自分などないことがわかったからです。

ならば、どうするか。自分をつくりあげていくしかない。つまり、自分探しではなく、「自分づくり」をするしかない。そのことに、あらためて気がついたのです。

自分づくりの大切さに気づいたきっかけは、「ロンドン空港労務事情」というレポートをまとめたことでした。

このレポートを名古屋大学の労働経済学の小池和男教授に送ったところ、『中央公論』を紹介すると言われて、大変驚きました。若い一介の会社員が書いたレポートが、一流雑誌に載る可能性があるとは露ほども思わなかったからです。

この出来事は私の目を開かせてくれました。「そうか。自分の足元を掘ればいいんだ」ということに気づかせてくれたからです。

つまり、自分が今している仕事、自分が今いる現場、そこを掘り下げれば、社内だけでなく、社会全体にも通用する仕事ができるんだ、ということに気がついたのです。

迷いの吹っ切れた私は、与えられた職場で主に客室乗務員の労務問題について、どんどん深く掘っていきました。すると、その分野に関して、どんどん詳しくなる。社内では、おそらく誰よりも詳しくなったはずです。

さらに、研究のテーマを少しずつ広げていきました。「欠勤の研究」もその一つです。「人はなぜ休むのか」「欠勤とは何か」「農閑期における休み」といった、欠勤についての文化的・歴史的な背景も研究するようになったのです。

今にして思えば、20代の私は、「何で」自分をつくっていったらいいかわからなかったために、それを探し続けていたのかもしれません。それが「ロンドン空港労務事情」というレポートをまとめたことで、「何で」「どのように」自分をつくるべきかが見えた。それはつまり、自分の足元を深く掘ることだったのです。

人生には、自分の生き方を見つめ直すタイミングが必ず一度や二度、あるように思います。私の場合は、それが30歳になったときに訪れました。

それが年齢のせいなのか、そのとき置かれていた状況がそうさせたのか、今もって正確な答えはわかりません。しかし、私はそのとき、まるで「自分の生き方をリセットする」ような感覚を味わいました。

「自分はこのままでいいのだろうか？」「何かを変えていかなければいけないはずだ」、そんな思いを抱えている人は多いのではないでしょうか？

社会に出てからある程度経験を積んだ30代になって、ふと、今までの生き方を考え直したい感覚に襲われる人は多いのではないかと思います。

実務の中で考える

30歳になった頃、私は自分の才能や能力に対して失望し、あきらめに似た心境に達しました。自分は大した男ではない、ごく平凡な能力の持ち主に過ぎない、そうならば20代の頃のように自分にうぬぼれて生きるのはやめて、凡才らしく地道に生きるほかにない。せめて自分の足元にある、小さな職場の中で与えられた仕事の第一人者になることくらいは成し遂げようと腹をくくったのです。

今思えば、このあきらめが契機になりました。おかげで、ようやく仕事に熱が入るようになりました。自分の足元を掘ることによって、時代のテーマを共有することができる、というロンドンでの経験も、仕事に真正面から取り組むきっかけとなりました。

職場の中の小さな問題も、時代の鏡として眺めてみると、意外に自分が毎日読んでいる新聞記事などとも関係することが実感できる。そこで「実務の中で考えること」をモットーとして仕事に没頭するようになりました。太閤秀吉も「一職を得れば一職、一官を拝すれば一官。心頭を離れず、ひたすらにそれをつとめしのみ。他に出世の秘訣なるものあらず」と言っていますしね。

こうして職場では仲間を募り、問題点を探り、解決へ向けてさまざまな提案を行い、それを仕事の中で実践していく、そんなスタイルがようやく身につきはじめたのです。内部から改善や改革を積みあげていくということです。こういった考え方の変化も、ロンドンで書いた論文が契機になりました。

そして、与えられたいくつかのテーマを必死にこなしているうちに、気がついてみると次第にやや大きな難しいテーマが飛びこんでくるようになってきたのです。

このあたりからようやく、仕事の手応えを感じ、組織の中で仕事をするということの意味がつかめてきました。

ライフワークに目覚める

井上富雄という人が『ライフワークの見つけ方』（１９７８年）という本を書いて、それがベストセラーになったことがあります。この人は当時40歳代で、日本ＩＢＭの常務取締役をしていた方です。

当時のＩＢＭは日の出の勢いで、彼は次の次の社長候補などと言われていました。それなのに、彼はライフプランに沿って47歳で退社してしまいました。こういうかっこよさが当時のサラリーマンに大変な驚きを与え、世間に新鮮な空気を吹きこみました。そのことで彼の本は爆発的に売れたのです。

私はさっそく本を買いましたが、その本に井上さんが25歳のときに作成した人生計画表がついていました。それを見ると、仕事・学習・資金・家族・趣味などの項目が書かれています。仕事は25歳でエンジニアになる。34歳で係長、43歳で課長になる。勉強は英語、数学、電気、心理学をやる。貯蓄は53歳までに５００万円貯める。不動産は26歳のときに30坪の土地を買う。33歳で結婚し、長子と次子をもうける。趣味は、囲碁、小唄、三味線、ダンス、ゴルフ、テニス、卓球をやる予定。

これは昭和30年、彼が25歳のときに大病をして退院した直後につくったプランだそうです。

この頃は物価が安かったので、この貯蓄目標としている５００万円というのは相当大きな金額です。彼は会社で始業時間がくる前に、毎朝必ずこの計画表を眺めて気を引き締めていたそうです。彼は実際には、31歳で係長になり、33歳で課長、40代で役員になっています。

井上富雄氏は30歳になったとき、さらに新しい計画を立てました。それを見ると、40代で日本IBMを退職して経営コンサルタントになり、55歳を過ぎたらアメリカに移住し、65歳から85歳で事業を行うという計画になっています。ところが、IMBを辞める直前になると、47歳から65歳までのおよそ20年間は経営コンサルタントをやり、65歳から85歳までは政治活動をやり、85歳から95歳までは老後を楽しむ、というふうに変わっています。

そして実際に彼は47歳になったとき、「人生計画の予定どおり退職します」と言って辞めてしまいました。

こういう計画を立ててその通り実行する人は当時はいませんでした。ましてや会社を定年前に辞めてから、経営コンサルタントになるという目標をもっている人はいなかったと思います。彼はこの計画をしょっちゅう口に出して自分に言い聞かせていました。そしてテレビ、ラジオ、通信教育など、いろいろなツールを利用して勉強していたようです。しかも、自分の人生計画表を毎年書き直していたのです。

この本は私に大きな衝撃を与えました。フラフラとあてどもなくさまよい歩いている自分。会社勤めはしているが、何ら専門を身につけていない自分。マージャンに明け暮れ酒を飲む日々……。そういう自分に嫌悪感をもっていました。そこからの脱出のヒントがこの本にありました。

「よし、彼のマネをしてやろう」学習計画を紙に書いておけば、それに近づいていくかもしれない、というわけで、私はさっそく30歳のときに「一生の計画」をつくりました。32歳で客室管理部に異動、35歳で勤労部、40歳で海外支店の課長、50歳では人事部長というコースが勝手に記してあります。その間、35歳で『中央公論』に登場し、40歳では大宅壮一ノンフィクション賞を受賞する予定になっています。そしてマンションの買い替えから一戸建ての購入、また40歳の時点では、外国訪問も40ヵ国となっています。40歳までの10年間は具体的に書いてありますが、40代以降は想像ができなくて、ほとんどブランクになっていました。

2　羽田

日本航空入社。工場勤務から始まる

私が日本航空に入社したのは1973年。当時の航空会社は時代の花形で、同期入社の面々は秀才ばかりでした。あとで知ったのですが、私の入社時の成績は150人中138位だったそうです。どうやら後ろから数えたほうが早かったみたいですね。

20代の頃は将来に対する確かな見通しもなく、はたして自分に相応の能力があるのかどうかの確信もないまま、会社生活を送っていたのを思い出します。仕事もそれなりにこなしてはいましたが、「これが自分流のやり方だ」という感覚はなかなかもてませんでした。

自己評価と実際の実務能力との乖離に悩みながら、社内の人と惰性で毎晩酒を飲んでいるという状態でした。会社との距離感、間合いの取り方について揺れていました。仕事と自分との関係がつかみきれていなかったのです。

最初に配属された整備工場の管理部門では、学生気分が抜けるのに一年以上もかかり、上司や同僚に迷惑をかけていました。昼食時に買ってきた弁当を、空いていた課長の席で食べ、それを現場から指摘されて怒られたり、自宅への地図を描くのに、「第二京浜国道」の名称を知らず、単に「大通り」と書いて、周囲に笑われたりしたことを思い出します。

労働組合幹部の組合活動による不就業時間を給与から引く仕事では、慎重になりすぎるあまり計算を間違えるということを毎回のように繰り返し、また間違う場合も必ず多く差し引いていたことで、「おまえ、わざとやっているのか」と怒鳴りこまれることもありました。

管理課で労務を担当していると、なんとなく煙たがられます。こういう雰囲気を打破しようとして、私は工場のスタッフたちとマージャンをしたり酒を飲んだりしました。

現場の若い社員とは、アフターファイブのマージャンや酒の付き合いのほかに、「夢宙人の会」（夢宙会）という部署を横断する勉強会をつくり、活発な活動をしていました。〝夢をもった宇宙人〞が集う会、という意味で、狭い職場の中から視野を大きく広げたいとの願望をこめて、こんな名前をつけたのです。

そして、発想法や勉強法などに詳しく、かつ人柄の良い馬場さんという管理職の方を講師として招き、話をしてもらいました。（※注）ＫＪ法やＮＭ法といった知的生産の技術はそこで身につけました。互いに共通のテーマで勉強しあう中で、親しい友だちもできるようになりました。

また工場には、同期入社の仲間が50人ほどいたので、彼らと「しわ（４８）寄せ会」という会をでっちあげました。この名称は、入社年度（昭和48年）にちなんだものです。中心メンバーは、各工場の理工系の連中です。この会では、テニス合宿、宴会、旅行などをひんぱんに繰り返し、その後、職場が変わってもずっと友だちづきあいを続けることができました。今でも、平元君、中村君、永井君、岡君、村上君などの顔を思い浮かべることができます。ちなみに中村君は現在、アメリカのグリーンカードを取得してシアトルに在住、私とは今でもメールのやりとりをする仲です。

このような会で活発に活動を続けるうちに、勉強法などのさまざまな知識を得たり、各職場の現状が理解できたりなど、仕事の面でも大いに役立てることができました。こういった勉強会や遊びの会に対する魅力が、後の「知的生産の技術」研究会への参加につながっているような気がします。これはあとで詳しく述べてみたいと思います。

（※注）　ＫＪ法は文化人類学者川喜田二郎氏が考案した創造性開発の技法で、川喜田氏の頭文字をとって〝ＫＪ法〟と名づけられています。

ブレーン・ストーミングなどで出されたアイデアや意見、または各種の調査の現場から収集された雑多な情報を1枚ずつ小さなカード（紙キレ）に書きこみ、それらのカードの中から近い感じのするもの同士を2、3枚ずつ集めてグループ化していき、それらを小グループから中グループ、大グループへと組み立てて図解していきます。こうした作業の中から、問題の解決に役立つヒントやひらめきを生み出していこうとする技法です。

ＮＭ法は創造工学研究所所長の中山正和氏が開発した類似による発想法です。ＮＭ法という名称は、氏の頭文字からとっています。創造的な人間が自然にたどる暗黙の思考のプロセスをシステム化し、ステップ化し、その手順に沿ってイメージ発想していく発想法です。

泥棒と一緒に寝た話

サラリーマン1年生の頃の話です。

2、3日、友人のところを泊まり歩いた揚句、夕方近くに部屋に帰ってみますと、「あなたが久恒さんですか」と警察官が私の部屋の前に待っていて聞くのです。何事だろうと思っていると「あんた、泥棒が入ったんですよ」との言葉です。

とにかく部屋の中を見ようと、警官と一緒に6畳の部屋に入りました。「どうです。この荒らされようは。あんたの部屋が一番ひどく荒らされたんですよ」と同情の面持ちです。私は「いや、全く変わっておりません。出たときのままです」と言うと、「そんなことはないだろう。だって背広も小銭も投げ散らかしてますよ」「いいえ、私は汚く暮してますので」「ウーン」とその警官は、うなったきりです。入社して1年ですし、盗まれるような物はまるっきりありませんし、私自身は平気でした。

しかも、この警官の様子と私の態度の対照が我ながらおかしくて、一人でニヤニヤしていますと、指紋までとられてしまいました。また、その警官は、私に興味をもったのか「あなたはどちらへお勤めなんですか？」と聞きます。勤め先を言うと、ますますけげんな顔をするといった具合です。いったい私のところへ入った泥棒はどういう気持ちだったのでしょうか。あとから聞いた噂によると、その捕まった泥棒が「しまった、先客がいた」と口走ったということです。

泥棒君に壊された部屋の鍵をとり替えるのも面倒と、それから1週間、鍵もかけずに出勤です。ある明け方、そう午前4時頃だったと思います。見知らぬ若い男が、私の部屋に入ってくるのに気がつきました。その男は、ズボンをはいていないのです。「寒い、寒い」と口走りながら、私の寝ているふとんの中に入ってきました。「お前は誰だ」と聞いても、「寒い、寒い」と言って、私のふとんにとうとうもぐりこんでしまいました。

しょうがないので一緒に寝ていますと、その男は、私のふとんを少しでも余計にとろうとします。私も負けずに引っ張るのですが、すごい顔をして、にらみつけられてしまいました。数時間後、ふと目を覚ました私は、隣に人が寝ているのに気がつき、「そうだ、ゆうべ誰かが入ってきたなあ、もしかしたら友だちだったのかもしれない」と思い、顔をのぞきこむと、ひげをはやした全く見たこともない男でした。起こそうかと思ったのですが、ぐっすり眠っているので悪いような気がして、そのまま出社しました。

その日の夕方、私のアパートの1階の「むさしの」という飲み屋のママから電話がありました。「久恒さん。きのう誰かあなたの部屋に泊まったでしょう」「ええ、知らない奴が泊まったんです」「のんきな人ねえ、今、その人がお店に来ているから、かわります」と、その男が電話に出てきました。「申し訳ありません。実は朝起きたら、知らない部屋に寝ていたのです。部屋の中を見たら、どうも、久恒さんという人の部屋らしいことがわかったので、ママに聞きましたら、いつも来るお客さんだというのでお電話しました。どうもすいません」と謝るのです。

当方も別に何か損害があったわけでもないので、「かまいませんよ」と言うと、相手は「ところで、ボクのズボン知らないでしょうか」と聞きます。「たしか、あなたは、入ってくるとき、ズボンをはいてなかったですよ」と答えてやりました。しかし、この男は、ズボンなしで家まで帰ったのでしょうか。この男、愛川さんという人で、コンピュータの会社に勤めているらしいのですが、その日のうちに手みやげを持って挨拶に現

われました。

私もいろいろとエピソードの絶えない男ですが、このような愉快な経験は初めてなので、この愛ちゃんとはその後、良い飲み友だちになってしまいました。愛ちゃんは「むさしの」で、ぐでんぐでんに酔っぱらったあげく、2階に上って、どこか空いている部屋で寝ていたのですが、明け方になって冷えてきたので、ちょうど泥棒に入られて、鍵が壊れている私の部屋に入ってきたということのようです。ちなみに、彼のズボンは、ほかの空き部屋から発見されたそうです。

この話は、私がその当時いた職場で有名になってしまいましたが、なにせ話が長いものですから、そのうち間違って伝わってしまい、同僚の女の子から、「ねえ、久恒さん、あの話してよ、泥棒と一緒に寝た話」と言われてしまいます。私は、別に泥棒を家に泊めたつもりはないのですがねぇ。

馬籠さんからのレター

羽田時代の同僚であった女性、馬籠さんは、私からさまざまな迷惑を被っていたようです。当時は気づきませんでした。ゴメンナサイ。

その馬籠さんからもらったレターがありますので、紹介いたしましょう。

■「来たんだから、帰れるよ」

今を去ること、28～29年前、４８寄せ会で海水浴に行ったときのこと。久恒さんともう一人の二人で乗っていたボート（でも、二人乗りではない！）ともう1艘、計2艘が沖に漕ぎ出したので、「疲れたら乗せてもーらおっと」と、あとを追いかけて泳いで行きました。やはり思った通り、すぐに体力の限界！を感じ、乗せてほしいと頼んだとき、貴方様はこの言葉を発したのですわ。

「そうかなぁ、でもやっぱり帰れない気がする」との懇願にも、「帰れる、帰れる。来たんだから帰れるよ」と追い払われ、「そう言われるとそうかも。できるかもしれない！」と、今でも根拠がないままに突き進んでしまう本能を頼りに、無事、生還したわけです。

この言葉、普通は、まわりの人が心配してくださっている中で、自ら発言するものであり、人様に発する言葉ではございませんので。

そして、その後、贅沢発言と言われている「海の見えるプールで泳ぐのが好き」は、死の淵からの生還者の本心ですからね。

■受話器の向こうから聞こえた「ハァーイ」

装備工場から札幌にご栄転された久恒さんを訪ねてと申すより、札幌に行くついでに寄ってみようかと連絡したところ、「いつ？　何便？　何時到着？」といつになく細かく質問してくださったので、すっかり油断して田島さんと空港に降り立ちました。

今のような日除けもない到着ロビーで、探せども、待てど暮らせど、人影どころか車の影も形もなく、「性善説」を信じた私の愚かさに気づき、それでも一縷の望みを託して寮に確認の電話をしました。

もちろん、「もう出ました確認」のはずなのに、公衆電話の受話器から聞こえるのは、寮監さんの呼びかけに答える元気な声！　寮監さんと貴方様の部屋とどのくらい離れているかは存じませんが、あの「ハァーイ！」は、今でも耳の奥にはっきり残っております。

待っていていただけなかったことより、信じた自分の甘さに腹立たしさを覚え……今、世代を超えた若者と渡り合えるのは、この教訓のせいでしょうかしらねぇ。

■頼むだけ頼んでおいて「その期間はいないから」

札幌からまたしてもめでたくロンドンにご栄転された久恒さんを訪ねるべく、母と訪欧の連絡をしたところ、渡りに船とばかりに本・雑誌の類を持参するように頼まれ、取り揃え終わったところへ「その期間は旅行でいないから、本は井上君に渡しといて」と手紙が届きました。

そして現れた人のよさそうな井上さんが「本当に車がボロくて」と恐縮しつつ案内して

くださった駐車場。

「ねぇ、ねぇ、まさかあの本当に汚い車じゃないわよね」とヒソヒソしている私たちの横で、「こちらです」と正にその車を示されたときには、失礼なことに私の口はフヒャヒャッと波打っていたと思います。

事情を知ってか知らずか、「急に用事ができたようで、わざわざお待ちいただいたのに申し訳ないですね」と恐縮する井上さんの手前、「どういたしまして」と申し上げたものの、お詫びのたびに「本当は、旅行を計画して行ったんですよぉ」と、念仏のように唱えておりました。

何度も申し上げますが、「GIVE AND TAKE」を求めず、何かしていただいたら素直に感謝できる私が今こうしていられるのは、本当に貴方様のお陰かもしれませんですわ。

▩久恒さん流オシャレ

ロンドンから無事帰国され、井上さんと三人で再会したとき、ロンドン帰りのオシャレとは何ぞやとの私の期待を黙らせた貴方様のファッション。

チェックの上着、ストライプのシャツ、そしてなぜか水玉模様のネクタイ。

多分、色調を揃えればすごいオシャレだったのでしょうが、当時の私はそれを理解できる器ではなく「今日はどこに行こうか？」との質問に思わず「暗いところ！」とはしたなく口走ってしまったことに今でも心を痛めております（アッ、久恒さんにではないですから、ご心配なく）。

その暗黒時代を乗り越え、随分オシャレになられたようで、宜しゅうございました。娘さんや奥様に感謝しないといけません。

村上君からの返事

「青春記」を書くから、誰か迷惑を被ったと主張している友人に、エピソードをもらってと馬籠さんに頼みました。以下は、その被害者、村上君からのメールです。

馬籠さま

まごめさんのメールにちとびっくり。久恒さんの話でにんまり。

憶えていますよ。

４８寄せ会で軽井沢の保養所に向かう途中での出来事……

休憩のため若干上り坂にみんなで並んで駐車。そうしたら私の前にとまっているハズの彼の車が下がってくるわけ。後ろにも車がいるので私は下がれない。あーあーと思っている間にゴツン。そうしたら、やおら彼が車から降りてきて、てっきり謝ると思ってたら「何すんだよー」て怒るわけ。あまりにも堂々としているので、あれ？　オレが動いたわけ？　思わずこちらが謝りそうになったけど、助手席の相棒と顔を見合わせて、やっとこさ踏みとどまって彼に真実を認識させた。

でも、彼はそれでもあわてず騒がず、謝りもせず、バンパーはそのためにあるような捨て台詞をはいておりましたな。

やっぱり、そのころから大物でした。

たしか彼はトヨタのぼろいＣＲＯＷＮ、当方はＶＷビートルで大事にしていた車でした。

なぜか当方はその出来事をときどき思い出します。ほかはあまり思い出さないけど。

旅行に行った連中では後々まで語り草になった話でした。

そんなときもあったなーと懐かしむ

むらかみ　でした。

3　札幌

「明日の日本航空を考える」——創立25周年懸賞論文に応募

羽田の整備本部の装備工場に3年弱いて、その後、札幌空港支店に転勤になりました。

ここでは総務課という部署で施設管理や経理という仕事に携わりましたが、人間には向く仕事と向かない仕事があるのだということをつくづく実感させられました。いや、向く仕事はまだわからなかったのですが、向かない仕事がわかった、という方が正しいかもしれません。

ずぼらであった私がお金を扱う係になったものですから、毎日早朝出社を余儀なくされました。朝早くかかってくるクレームの電話に対応するためです。「支払いが二重になってていますよ」「いつまでたっても支払われないのですが、どうなっていますか」——こんな電話がひんぱんにかかってきて、それをすべて自分で処理していました。二重払いと不払いが交錯したりして、そのつど上司から注意を受けていました。

また、本社で行われた経理担当の研修会に出席したときなど、「ちんしゃく対照表とは何ですか」というトンチンカンな質問をして、「それは、君、たいしゃく（貸借）対照表と読むんだよ！」と怒られました。今思い出すと赤面するようなエピソードばかりですが、ともかく2年半ほどその仕事に就いていました。

その頃20代の半ばだった私は、一方で「何かをやってみたい、勉強したい」と心の底から思うようになっていました。そんな折、ちょうど会社で懸賞論文の募集がありました。テーマは、会社の創立25周年を記念しての、会社の将来に対する展望。いい機会だからと、数ヵ月間さまざまな本を読み、会社のとるべき方向を自分なりに模索し、大上段に振りかぶった論文を書きあげて応募してみたのですが……。

「受かるかもしれない」という期待をもって入賞者発表の日を迎えたものの、私の論文は影も形もありません。

その際、社内報に掲載されていた、社外の著名人による評の中に「地に足のついていない論文があった。もっと身近なところを見つめなければならない」という言葉がありました。それは私自身に向けての言葉のような気がしました。私はこの失敗から、いきなり会社全体や社会、日本、世界などを論じてもリアリティに乏しく、何の意味もないということを身をもって知ったのです。

「ものを言おうとしたら、自分の今いるところを研究する以外にない」――それは眼前の仕事に全力を投入しなければならない、ということを意味していました。仕事の現場こそ、物事の関係が一番よく見えるからです。

集団で行う知的生産

そういう反省から、今度は10人くらいの仲間と、支店の白書をつくってみることにしました。この調査には入社直後、勉強会をつくって身につけた「ＫＪ法」を実際に使ってみました。

本書98ページでも述べましたが、ＫＪ法は文化人類学者・川喜田二郎氏が考案した創造性開発、問題解決のための技法です。これは、ブレーンストーミングなどで出たアイデアや意見、あるいは調査の現場から得られた雑然とした情報をグループ化していき、組み立て、ヒントやひらめきを生み出していく方法です。一時期、企業などでも流行しました。

動機は、２００人ほどいる空港支店にはカウンター職員あり、整備士あり、貨物関係職員あり、事務職員ありと、広い空港の中に散らばっていて、互いの情報がわからなかったことです。支店の実情をお互いに正確に認識したいという欲求と、もう一つは地元の人たちが私たちをどう思っているかを調べることでした。

まず計画を練りました。あとであれこれ言われないように調査方法を厳密にしました。『社会調査入門』という本を買ってきて仲間全員に読んでもらい、この本に書いてある通りにいっさいの妥協をせずに調査を行いました。市民にインタビューしたデータをコンピュータで分析したり、羽田の工場時代に身につけたＫＪ法を利用して仕上げました。会社、労組側に対する提言も行い、支店長と労働組合の本部に提出し、評価してもらいました。

この白書は、支部の労働組合の調査局長だった私が中心となり、約一年かかって完成させました。題して「札幌空港支店白書」。千歳市という小さな町における、地域と企業のかかわりが主なテーマでした。

白書の中では、社員の生活の実態についても考えてみました。具体的には、支店の社員全員に向けて100問のアンケートを実施したのです。結果、75％以上の回収率を達成。データの分析には、手作業ではカバーしきれなくなった分を、官庁に勤める友人に頼んでコンピュータを利用してみました。

また、千歳市の市民には、私たちが直接インタビューを行い、200人以上の意見を集めました。

この経験から、集団で行う知的生産に関して、ひと通りのノウハウを体得できたような気がします。また、計画から始まり、1年かけて報告書をきちんと出す、というところまでやり遂げることが、いかに大変かがよくわかりました。途中で投げ出そうとする人もいたり、さまざまなトラブルに見舞われましたが、そのつど議論を重ね、なんとか形にすることができました。

インタビューの過程で、〝自衛隊と航空の町〟と言われている千歳市の市民の意識は、私たち航空会社に勤務する社員とは思いもかけないギャップがあること、自分で思っているよりも私たちは良い印象をもってもらっていること、そして両者が接触する機会は意外に少ないことなどを実感できました。「地域社会と企業」というテーマを職場に投げかけるきっかけにもなりました。

集団で行う知的生産が、個人の知的生産に比べて優れているのは、大きな問題、処理データの多い問題に取り組める点だと思います。結局、80ページ程度の白書ができあがり、説得力のある提言を会社に対して行うことができました。会社に入って、これが自分が手がけて初めて形になった仕事だと意識することになりました。

何かを調査すると、調査の方法の妥当性や資料の信憑性についての質問を受けることになります。研究者はこういう調査の訓練を受けているのです。

オマーン王国をグループで研究

私も研究の方法を高めるために、研究の方法を自分で身につけようと思うようになりました。そこで今度は社外の人たちと組んで何か違うプロジェクトをやろうと思い立ち、仲間を募りました。集まった仲間は札幌の英会話学校などで知り合った人たちで、北海道開発庁の役人、銀行マン、大学生、OLなど多士済々でした。

若い役人は二人いて、一人は熊本出身の建設省からの出向者で、その後も東京で折にふれて友人として交流を深めることになる人でした。彼には後に私の結婚式の司会をお願いすることになります。

もう一人の役人は北海道開発庁のプロパーで、当時はアイヌ関係の仕事をしていました。北大の学生もいました。この人は後に医学部に入り直したと聞きました。

私の勤務先の女性や、宝石鑑定士の女性もおりました。

この英会話学校で知り合った仲間とは「ヨコの会」という勉強会をつくりました。ちなみに「ヨコの会」というのは、三島由紀夫の「盾の会」の向こうを張ったネーミング。時代が表われています。私はネーミングが得意だったのですが、この名前も私のアイデアでした。

さて、何をテーマにやろうかという議論になって、いろいろ意見が出ました。やはり一番関心の高い分野である日本経済をやろうという意見が多かったのですが、私は、勉強の目的はテーマそのものより方法論を身につけることだから、短期間で調査ができて論文に仕上げられるものに絞らないといけない、と考えました。

みんなも「そういえば、日本経済なんてテーマが大きすぎて調査も大変だし、時間がかかるなあ。そのうち一人抜け、二人抜けして、結局は沙汰やみになってしまう可能性があるなあ」ということになり、原点に戻って考え直すことになりました。

結局、「ヨコの会」では、アラビア半島の石油産出国オマーンを研究したのです。なぜオマーンのような小さな国を対象にしたかというと、アメリカや日本の経済といったテーマでは、あまりにも大きすぎて膨大な情報におしつぶされてしまうからです。この手の大きすぎるテーマは、私自身、社内論文で懲りていましたし。

そこで、1970年になってようやく開国、若き国王が改革に乗り出しており、ちょうど日本の明治維新に相当する時期にあったアラビア半島のオマーン王国に白羽の矢が立ったのです。この国のスケールが、私たちの背丈にちょうどよかったのです。

第三部

ロンドン

1　ロンドン

入社して6年目、海外に勤務するチャンスがやってきました。勤務地はイギリスのロンドンで、実習生という身分で、結果として1年と数ヵ月の滞在となりました。

ビザが出るまで2ヵ月ほど時間がありましたので、送別会も何度となくありました。ホテルで行われた送別会では、最後に胴上げをされました。多くの人が祝ってくれたのでしょう、私の体は高く舞い上がり、天井に激突というハプニングに見舞われました。このとき、天井の照明が壊れ、会場は一時騒然としましたが、幸い私自身はなんともありませんでした。

出発の日には私をかわいがってくれた藤野支店長（後の仲人）も見送ってくれ、勇躍ロンドンへ旅立ちました。

日本人の苗字

私はロンドンで、次のように呼ばれていました。「永遠に純粋な男」と。いったいなぜだと思いますか。私の苗字は久恒ですが、この文字の意味を考えてみますと、「久」を英語で言うと、「ever」であり、「恒」も英語では「ever」となります。つまり「久恒」は、「久しく久しい」という意味になるのです。一方、前に述べたように私の高校以来のペンネーム（高校時代、自分を詩人と考えていました）は、「純」でした。つまり英語で言うと「pure」ですね。そこで私は自分のことを「Mr. Pure Forever」つまり「永遠に純粋な男」と呼ばせていたわけです。もっとも口の悪い友人たちは、「Mr. Poor Forever」（永遠の貧乏人）と言っていましたがね。

さて、日本人の苗字を英語に訳してみることにいたしましょう。

横松　Beside's the Pine
高野　Upper Field
松下　Under the Pine
久保　Ever Hold
清源　Clean Origin
畑迫　On the Field
島　Island

さて、どうでしょう。こうやってあらためて考えてみますと、日本人の苗字には、自然にちなんだものがなんと多いことかと気がつきますね。そして、日本という国が美しく、豊かな自然に恵まれているということをつくづく感じます。

しかし、おかしな苗字もあるのですよ。私はさっそく、私の友人の平山君が、自分の苗字を英語に訳したらどうなるのかなあと言いました。平山＝Flat Mountain と訳しましたが、おかしなことに気がついたのです。そもそも、山というのは平べったいものではないということです。平らな山、こんな山があっていいものでしょうか。

イギリス人の名前

ロンドン・ヒースロー空港での私の若年の同僚は、ポーラ嬢とデイヴィッド君です。私はこの二人にあだ名をつけてやりました。ポーラ嬢には、〝Miss Streaking〟または〝Miss naked walker〟（つまり、裸で街を歩く女）というニックネームをつけました。ポーラはこのニックネームをとてもいやがり、なぜこのような名前をつけるのかと詰め寄るのです。ポーラは日本語で書くと〝歩裸〟と書けますね。裸で歩く、つまり naked walker というわけです。このポーラが走り出すと Streaking となるのです。

もう一人の同僚デイヴィッド君につけたあだ名は〝Mr. Fat〟（太った男）です。実のところこのデイヴィッド君は太めの体でした。そこで私は彼にこう言ったのです。「デイヴ(Dave)、実は君の名前は日本語で言うとかわいそうだが、Fatという意味なのだよ。Dave＝DEBU＝太っている＝Fat。したがって、永遠に純粋な男である私は、デブ男と露出狂の女にかこまれて仕事をしていたということにあいなりますか。

君は「めん」を知っているか

ロンドン一の歓楽街ソーホー地区の一角に「めん」という中華料理店がありました。値段が安く、汚い店ですが、味は天下一品であり、よく通ったものでした。ところで私は、エリザベス女王の別邸であるウィンザー城の近くに住んでおりましたが、近くに中華料理の〝Take Away Restaurant〟(持ち帰りの店)があったのです。そこには10代のかわいい中国人の娘がおり、すっかり顔見知りになっていました。

ある日、私は話題を提供するつもりで、この「めん」の話をすることにしたのです。これが失敗のもとでした。「君は『めん』を知ってるか?」「ええ、知っているわ」こういう会話を期待していたのですが、「Do you know〝Men〟?」と聞くと、彼女の顔が青くなったのです。どういうことやら私にはさっぱりわかりません。

そうすると彼女は、次のように叫ぶではありませんか。「Do I know men? Oh! What a

silly question!」つまり、10代のこの乙女は、「私が男を知っているかって？　なんてバカな質問をするのでしょう！」と言っているのです。

そこでようやくにぶい私も気がつきました。真昼間から乙女に対する私の質問は、「お前、もう男を知ってるか」という言葉だったのです。しかも、「men」は、単数ではなく複数（つまり少なくとも二人）ときています。英語ってなかなか難しいものです。

私は今、エンスト中

ロンドン滞在中に父と母が訪ねてきたことがあります。そこで私は、シェークスピアの生地として有名なストラットフォードのあたり、つまりシェークスピアカントリーに二人を連れていくことにしました。イギリスの田舎の風景は

世界一美しいと言われています。すばらしく整備された道路、古いタイプの家々、古城、黄色に色づいた畑、時おり見える美しい森……。

車で出かけたのですが、私の車は、世界一ひどい車とでも呼ぶべきしろものでした。毎日のようにトラブルがおこります。ストラットフォードを出て小さな坂にさしかかったとき、さっきまでなんとか動いていたエンジンが完全に止まってしまいました。ちょうど、坂の途中でしたので、車は自然にゆっくりと坂を下り、名も知らぬ村の一角に到着。しょうがないので母と私は、車を降りて救助の電話をかけにいきました。

イギリスには、A・A（Automobile Association）いう名前の団体があります。この団体は会員制で、車のトラブルがあった場合の救急処置をしてくれるので大変助かります。さて電話をかけて、「Help me please!」と言うと、「Yes we can. Where are you?」（わかりました、今どこにいるのですか）との返事です。

さて、「この村は何という名前かな」と道路標識をあらためて見ようとすると、母が突然笑いだしたのです。全くバカバカしいという感じの、そしてみじめな笑い声です。道路の標識にはこう書いてありました。「Enston」と。

そこで私は、「Help us. I am in Enston」と電話口で言いますと、母はさらに笑いころげました。きっと母には、エンストに聞こえたに違いありません。

ロンドン車残酷事情――ああ、ガス欠！ 冷たいイギリス人

ガソリンメーターが故障した場合、たいていの人は修理するのでしょうが、私の場合、走行に今すぐ支障があるわけでもないので、そのまま走ることになります。

1回目のガス欠は、父と母が訪ねてきたときのドライブの途中です。美しい街並の中をさっそうと車を走らせていると、突然アクセルの手応え、いや足応えとでもいうのでしょうか、それがなくなってしまいました。

メーターは故障しているため、常時「EMPTY（空）」を指してはいましたが、まさか本当に燃料がなくなってしまうことが現実に起こるとは。しかし無情にもわが車は上り坂の途中でストップ。「だいたい、こんな整備の悪い車があるか！ ガス欠など全く信じられん！」と父は怒りますが、どうしようもありません。私はテクテク歩いてガソリンスタンドを見つけ、数リットル購入し、この未曽有の危機を脱しました。

〝のどもとすぎれば熱さを忘れる〟とはこのことを言うのでしょうか。壊れたメーターを、そのまま放置していた私に、また災難がふりかかりました。深夜、イギリス自慢の高速道路（モーターウェイと言います）を一人でぶっとばしていますと、あれえ、何か身に覚えのある足応えです。車はあえなく時速100キロの猛スピードから徐々に減速しはじめました。「ああ、やはりメーターは修理しておくんだった！」と悔やんでみてもあとの祭り。さて、どうやってガソリンを手に入れるか思案しましたが、名案はありません。

残る手段はただ一つ、高速道路の中央分離帯（ここは人が一人くらいは通れる）をひたすら歩き続けるという原始的な方法です。運が良ければ、ガソリンスタンドが見つかることでしょう。

しかし、なんという不幸でしょうか。折しも、世界的にオイルの価格が上昇したあの第二次石油ショックの直後だっただけに、イギリスでも3軒に1軒くらいしかガソリンスタンドはオープンしていません。

ここでちょっとイギリスの燃料事情を述べますと、アラブ諸国の油の価格が上昇したとしても、有名な北海油田がありますので、大した影響を受けないのではないかという疑問がわいてきます。実は、イギリスの当時の海外収支の黒字は、品質の落ちるアラブの石油を安い価格で買い、それを国内需要にまわし、品質の良い高価格の北海石油を近隣のEC諸国に輸出し、その差額で儲けるという構造になっているのです。ですから、国民一般の生活には、アラブ産油国の動向がそのまま反映するというわけです。そのほかにも、英国の有名なスコッチウイスキーも外国への輸出にまわし、英国民は質の悪いウイスキーやポルトガルなどからの輸入ワインですませていて、スコッチを一般大衆が飲みはじめたのも比較的近年だということです。

ところで、ガス欠の件ですが、幸いなことに30分ほど歩くと、スタンドの姿はありましたが「CLOSED（閉店）」となっています。さらに1時間ほど、左右の道路を流れるように走り去る車の横を時速4キロで歩いて、やっとオープンしているスタンドにたどりつきました。「ガソリンをくれ」と頼みましたが、その店の人の悪そうなオヤジは、「売ってもいいが、ガソリンを入れる容器は持っているか？」と予測もしなかったカウンターパンチをくらわせました。容器がないとガソリンを売るわけにはいかないとオヤジは言い張ります。

一瞬、世の中には神も仏もないと絶望的になったのですが、いいアイデアを思いつきました。ガソリンスタンドは、車用品も売っています。車用のオイルが目に入りました。オイルはオイルのカンに入っているのです、当り前の話ですが。私はこのオイルをいったん買い、もったいないが、すぐにそのオイルを捨てました。そしてこの空カンにガソリンを入れてもらってヤレヤレ解決。ガソリンを求めて歩くのは心中不安なものですが、帰りの1時間半は、見通しが立っているだけに思ったより早く着いたような気がしました。

そして、真っ暗な道路の端で、一人さびしくガソリンをカンから車のタンクに注ぎます。しかし、どうしたことでしょう。あいかわらず、車は動かないのです。よく見ると、不器用な私は、ジャブジャブとこの黄金のガソリンをタンクの入り口付近にこぼしてしまっていたのです。ガックリきた私は、車の中で1時間ほどふて寝をきめこみました。イギリスの秋の夜は寒い。

と、ある車が隣に止まりました。中から人のよさそうなインド人の若者が降りてきました。事情を話すと、同情してくれて、家まで送り届けてくれることになりました。「こんなところで凍え死ぬなんて」と考えていた私でしたが、また、元気が出てきました。このインド人は日本製の車に乗っています。「日本車はとてもいい」と日本人の私に話しかけるのですが、アメリカ製のボロ車を乗りまわしている私はおかしな日本人と見られていたようです。

さて、翌日、私はタクシーを雇って、ガソリンの買い出しです。車を置き去りにした現場に着くと、タクシーの運ちゃんは、奇妙なことを始めました。新聞紙を丸めて筒をつくります。そして、この筒を使ってガソリンをこぼれないように慎重に注ぎました。昨夜、ガソリンがありながら失敗した私は、「頭がいいなあ」と心底感心してしまいました。人の悪いイギリス人と賢いイギリス人の両方に出会ったようです。

ライトなしの深夜のドライブ——おせっかいなイギリス人

ある日、友人たちと映画を観に出かけました。終わって家に帰ろうとすると、どうしたことでしょう。ライトがつきません。友人たちは、ライトなしでは運転もできないし、また、ほかの車から追突を受ける恐れもあるので、置いて帰った方が無難であると口々にアドバイスをしてくれます。

私もそう思ったのですが、「いっちょう、ライトなしで運転してみるか」と考えました。友人の車を私の車の後ろにつけさせ、前を照らすライトだけでなく、後方灯もつかない私の車を、他車の追突から守ろうとする算段です。

しばらく走ると、来るわ来るわ、ある人は車で、ある人はバイクで運転席に近づいてきて、「ライトがついていないゾオ」とどなって注意をうながします。「うるさい！　わかっとる」とも言えず、不幸中の幸いでしょうか、作動しているビームアップ機能を活用し追い払います。つまり、うるさいおせっかいが近づいてくると、ハンドルをにぎりながら、ビームアップを作動します。

ただ、この作業は長い時間は無理なので、ほんのしばらくの間、「おお、忘れてた」という顔をして作動するとだまされて離れていきます。友人の車と私の車の間にほかの車が何も知らずに割りこんでくると一大事。割りこんできた車は、私の存在がわかっていないはずですから、私はおっかなびっくりです。

運転席の横に座って前後左右の様子を知らせてくれている友人が「あ、あぶない！ 後ろから近づいてきた」と叫ぶと、私はとっさにブレーキを踏みます。なぜかというと、ブレーキを踏むと、どういうわけかブレーキランプはつくのです。赤いブレーキランプが点滅すると、後続車はわが車の存在に気づき、危険を察知してスピードをゆるめます。

しかし、これらが全部いっぺんに起こるときもあり、それはもう大変です。となりに座っている友人は、恥ずかしさのあまり、外から見られないように姿勢を低くしてしまう始末。アクセルを踏みながら、すぐ横にまでやってきてうるさく注意する奴をだますために、右手でビームアップし、後ろから追突するかもしれない後続車に注意を促すためにブレーキを軽く踏む、こういう具合です。

全身の五感と全能力をフル活用し、格闘すること数十分。やっと、わが家が見えたときは、安堵のあまり、赤信号を突っ走ってしまいました。

イギリス人の赤信号は日本人の青信号——まじめなイギリス人

ロンドン到着早々、しこたま酒を飲んで車を運転しました。ロンドンでは飲酒運転はＯＫと聞いていました。

霧の深い夜でした。赤信号がついてはいましたが、誰も見ていないので難なくそれを突破し、ひたすら家路へ向かいました。するとまた一つ、赤信号にぶつかりましたが、ここは思い直して停止することにしました。

やっと家の前まで来ると、変な車がずっとつけてくるのに気がつきました。車の中でじっとしていますと、深い霧の中から長身の男が、コツコツと靴音をたてながら近づいてきます。子供の頃に読んだジキル博士とハイド氏の物語を一瞬思い出して、ここで私は殺されるのかとビクビクしていますと、「私は警官である。こら、お前、赤信号を無視したろう！」と私を非難します。私はとっさにこう答えました。「私は日本から来たばかりなのですが、実は、日本の信号は赤は進めという意味で、青が止まれという意味なんです。イギリスと全く逆なので見違えたのかな」するとその警官は、恐い顔でにらみつけ、「もう一回赤信号を無視しかかっただろう！もう一回やれば逮捕したところだぞ」とおどかします。

翌日、例の赤信号を無視した場所を通りかかると、ちょっと見つけにくい位置ではありましたが、警察署がありました。クワバラ、クワバラ。

早めに手当を

ロンドンで私が住んでいたのは、テラスハウスと呼ばれる洋風の3階建ての長屋でした。1階はガレージ、2階は台所とリビングルーム。3階はバス付きのベッドルームという広さで、しかも私一人で住んでいました。

それまでの私の人生は引っ越し人生とでも言うべきもので、大学に入って初めて家を離れてからそのときまでの10年間に合計11回に及ぶ引っ越しの経験がありましたが、いつも狭い下宿だとか独身寮に住んでいたわけで、自分一人の居住面積という点ではダントツの広さです。しかも、1階にはちょっとした裏庭までついていますし、場所も女王の別邸であるウィンザー城近くのテムズ川のほとりの小さな美しい町ということで、全く申し分ありません。

さて、二度目の夏のことでした。私はロンドン滞在中は、一人でも多くの友人をつくり、一つでも多くの国や町を訪ね、一つでも多くの演劇を観て、一つでも多くの世界の料理を食べてやるんだという信条をもっていました。酒についても同じで、酒屋に行っては、毎回違う種類の酒やスコッチ、ワイン、ビール、ウォッカなどを買ってきて、美しい夏の夕方や、暗くて長い冬の夜のなぐさめにしておりました。

酒を飲めば空ビンが残りますが、このビンは、段々と増えてきます。増えるたびに、自分の方針に忠実に従っていることに満足を覚えていたものです。ビンが段々たまってくると、洗面所の棚に並べるようになりました。

そう、何年かぶりの暑い夏でしたね。ある朝、歯をみがいていると、一本の草のツルが、空気窓の穴からかわいい姿を見せています。次の朝になると、ツルが伸びて、一本のワインの空ビンの上部をひと巻きしています。次の朝も、その次の朝も、ツルはまるで意思をもっているかのように伸びて、スコッチやウォッカのビンに巻きつきながら伸びていきます。「このまま放っておくと、部屋の中が草のツルだらけになってしまう」と恐怖を感じた私は、いつもの対症療法魔ぶりを発揮して、ハサミでチョキンとツルを切りとりますが、それにも負けず草の生命力は翌日、またツルを伸ばすのです。

ある日、私は夢を見ました。このツルが、夜中に伸びてきて私の体に巻きつき、私がその力に抗しきれずに、もがきながら死んでいくという、まことに恐ろしい夢でした。

冷や汗とともに起きあがった私は、一大決心をして、「もとから断たなきゃダメ」とばかり大きなハサミを用意し、この一年間一度も足を踏み入れたことのない雑草の茂るがままになっている庭に降り立ちました。この雑草をよく見ると、家の壁を争うようにのぼっている姿が目につきます。こ

の雑草のツルが小さな穴からわが家に侵入したというわけです。ロンドンの短い夏にしぶとく精一杯生きようとする雑草に強い生命力を感じましたが、この生命力は逆に私にとっては難敵であり、ハサミであちこちを切りまわるのですが、あまりのしぶとさに、またまた草に殺される思いがしたものです。

何事も早目の手当が肝心ということのようです。

電話料金を払わないと…

19世紀の後半、有名なベルが完成させた電話は、電流による音の伝達という方法によって発明されたもので、いわゆる技術革命の一つの結晶ともいうべきものです。それ以前の世界においては、人はお互いの意思を確認するために、長い時間をかけて直接会うか、あるいは手紙に託すしか方法はありませんでした。ほんの百年以上前に発明されたこの機械は極めて便利なもので、今日では、私たちは日本の国内はもとより、外国とでも簡単に話ができるという夢のような時代に入っています。

ところで独身の一人住まいとは、何事も面倒くさいという精神が基本に流れていますので、使うときは、文明の利器のありがたさを満喫しているにもかかわらず、その正当な代償である料金を支払う段になると、とたんにメンドーになってしまいます。

「面倒なことなんてないワヨ。銀行の自動振替を利用すればいいのヨオ」と世の奥様方はおっしゃるに違いないのですが、それは私に言わせれば、独身の男というものの実体をご存知ないからなのであります。電話局から、前月分の電話料金の請求書がくる。いつ払おうかなあと思いながら、いつしか世の雑用にまぎれて忘却してしまう。こういうことが何回か続くと、ある日突然、どこからも電話がかからなくなります。電話というのは、使えるときはまことに便利なものですが、ないとしても、別に生活ができないというものでもありません。

日本でも何度か電話を止められたことはありますが、事はイギリスでも同様です。ところがまずいことに、料金の請求は、英語です。払わないと、何度か請求書らしきものがくるのですが、日本語による「お願い」「督促」「最後通告」ならばなんとなくニュアンスがわかるものですが、英語というのは、だいたいのことはわかるつもりでも、あまり説得力がないものです。

しかしさすがイギリスの電話局です。3回目か4回目の請求書は、なんと、赤い文字でくるのです。たぶん、これが最後通告だゾという意味でしょう。放っておくと、数日後、突然電話が止まります。日英比較では、イギリスが赤い文字で最後通告がくるということが違うだけでした。電気料金、奨学金返済、税金と、いろいろなものを悪気はなくて、ただメンドーなだけで払ってこなかった私です。

日本オマーン友好協会

札幌時代に始めた「ヨコの会」のオマーン王国の研究は、ロンドンでも継続しました。オマーンは英国と親しい関係にあったのです。

メンバーの交代や私の海外への転勤などもありましたが、これも1年半ほどかかり、10人のメンバーで原稿用紙400枚ほどの冊子にまとめることができました。「混迷する中東の近代化と日本の役割――オマーン王国の研究」――これが論文のタイトルです。

この中で私自身は、「英国とオマーンとの関係」という章を担当しました。英国とオマーンとの歴史的関係の分析、英国の植民地政策、オマーンから見た多角的外交の位置づけ、英国とオマーンとの新しい関係の構築の提言などがその内容です。仕上げる過程で、英国の対外政策、中東事情などに目が開かれると同時に、論文をきちんと仕上げるという得難い経験を、ここで味わうことができました。

電話帳で日本オマーン親善協会というのを調べて電話したところ、誰も出てきませんでした。ロンドン空港支店に転勤になり、日本オマーン友好協会欧州地区支配人という名刺を勝手につくってオマーンのイギリス大使に会いに行き、若い王様あてに、「My Dear King」などという手紙を書いてビザを請求したりしました。ずいぶんいい加減でしたね。

しかし、全員が最後まで興味を持続してやり遂げたという実績は、グループによるプロジェクトのリードの仕方という点でも、私にとっては大変いい経験になりました。

このような苦しい経験を経たうえで成功体験を共有した仲間は、遊び仲間と違って心の底の方でつながった信頼感を共有できるようになり、メンバーとは長い付き合いになりました。

大学時代に探検部に属していて一番良かったことは、探検して調べたことをレポートにまとめるということが当然のことであり、やがてそれが習い性となったことでした。とにかく苦労してまとめる作業をすれば、同じ知識でも身につき方が違います。これがいかに重要だったかということは、そのときはまだそれほど意識していませんでした。

テーマをもって挑んだ1年間のロンドン

20代の後半、私は実習派遣員という立場で、ロンドンに1年ほど勤務することになりました。20代のこの1年間は、自分の人生にとって大変重要な意義があると考え、それを無駄にしないために、「英国をどのポイントから見るか」をさんざん考えたのです。その結果、英国の経済に焦点を合わせること、そして英国の文化の背景を知るためにシェークスピアを学ぶこと、という二つを基本とすることにしました。

また、この1年は「お金に糸目をつけない」ことを標傍しました。といってもささやかなものですが、観劇や食事など、お金がかかることが迷いの原因だった場合は、断固として実行しようと決めたのです。

英国国内に車を飛ばして、10回ほど大きな旅行をしました。金曜日の夜にロンドンを出て、月曜日の早朝に帰ってきてそのまま勤務する、なんてことも何度も経験しました。

英国国内ばかりでなく、近隣の国々へもひんぱんに出かけました。その結果、旅行した国は1年余りで12ヵ国にまでのぼりました。イタリア、フランス、オランダ、アラブ首長国連邦、トルコ、北アイルランド、西ドイツ、ギリシャ、ソ連、ポーランド、チェコスロバキア、ポルトガルなどです。

コンサート、ミュージカル、演劇、オペラ、バレエなども良い席を確保し、堪能しましたが、これも1年で50本となりました。ミュージカルでは「オー！ カルカッタ」「ジーザス・クライスト・スーパースター」「コーラスライン」「エルヴィス」「マイ・フェア・レディ」「王様と私」「オリバー！」「シカゴ」、演劇では「欲望という名の電車」「ドラキュラ」「アントニーとクレオパトラ」「ミカド」、バレエでは「眠れる森の美女」「白鳥の湖」などを思い出します。

また、英国には世界中の料理が集まっていることもあり、「同じ店、同じ料理はできるだけ食べない」という方針のもと、いろいろな店をのぞきました。定評のあるインド料理をはじめ、アフリカ料理、ギリシャ料理、レバノン料理、オーストリア料理、タイ料理、スイス料理、メキシコ料理、チェコ料理、ハンガリー料理などです。

そんなこんなで目や舌は肥えましたが、懐はすっかりさびしくなってしまい、日本へは一文無しの状態で帰国することになりました。帰国後の私の財政状態は、当時の英国並みに悪化の一途をたどったのです。

また、もう一つの方針は、ゴルフやテニスなどのスポーツはいっさいやらないことでした。貴重な時間を最大限有効に使おうというわけです。

転機になった「ロンドン空港労務事情」

この間、娯楽にすべてを費やしていたわけではありません。日本にいた頃と同じく、テーマを見つけてレポートを書くことにも時間をかけました。このとき手がけたレポート「ロンドン空港労務事情」が、その後の人生の大きな転機になりました。詳しい内容は割愛しますが、「なぜ今までロンドン空港支店では現地従業員の組合が結成されなかったか」という動機から入って、日英の労働組合の比較、日本的労務管理の普遍性について自分なりに考えてみました。

このときにも、日本での失敗経験がつねに頭にありました。つまり「データの裏づけのない空理空論を吐いてはいけない」ということ。そこで、データ調べには十分に時間をかけました。夜中に英国人の社員の人事記録を引っ張り出し、読みにくい英語を我慢しながら読みました。彼らの職歴や学歴、学校時代の成績から、入社の目的、退職の理由まで、役に立ちそうなものからそうでないものまで、とにかく調べられるだけ調べてみたのです。

また、疑問点があれば、英国人のマネージャーに直接インタビューを行いました。取材の過程で見えてきたのは、日本の企業は海外での経験が単なる個人的な体験、教訓にとどまっている場合が多く、組織としてその教訓を蓄積する、という仕組みになっていないのではないかということでした。ただ、これが本当に正しいかどうかは、もちろんデータで押さえる必要があります。

データ内容を、自分の抱いている実感と照らし合わせる、その繰り返しで次第にレポートを形にしていったのです。このレポートは社内でも関心を集めましたが、先に記したように日本的経営の実証的な研究として、『中央公論経営問題』にも若干ですが取り上げられました。

執筆には1ヵ月半ほどかかったのですが、その間、困ったことがありました。それは海外にいるため、身のまわりに参考にすべき本が全くなかったこと。あるのは、日本から送られてくる新聞数紙と『中央公論』だけです。けれども、そのぶん十分に自分の頭で考えることができ、結果としては良かったと今では思っています。

いきなり本や参考書に向かうのではなく、まずは自分の頭でじっくりと考えるということが重要です。このときの経験から私はそう確信しています。

帰国間近になって私は、「なぜ今まで組合ができなかったか」という社内向けの論文を執筆したことは、前述の通りです。

私の会社は、労働運動の活発な（全労働者の44％が組織化されている）英国に進出している同業の外国社大手25社の中で、①現地従業員（つまり英国人）で結成する労働組合がない唯一の企業であること。また、私の属す支店は、②欧州内に存在する30数ヵ所の支店の中で、現地雇用従業員の組合が結成されていない唯一とも言うべき支店であることを、あるとき発見しました。この原因をさぐってみようという目的で調査を開始しました。「なぜ今まで組合ができなかったか」という素朴な疑問をもち、「日本的労務管理が成功しているのではないか」という仮説のもとに自分で調べていったわけです。私たちの頭の中にある漠然としたイメージや安易に用いられる俗説を、実証的に検証するという方法をとり、資料の不足分はできる限りたくさんの人々の証言を積み重ねるという方法で、実態に肉迫し結論にまで到達したいと考えたのです。

ここではその調査の一部を紹介することにします。

私の派遣されていた支店は、①営業の中核である二つのセクションを（英国の企業に委託することなく）完全に自営しており、②その二つのセクションの中で日本人派遣員の割合は10％を下まわるほど現地化されており、③他の支店との比較でもほぼ満足できる仕事の水準を保っている、という特徴をもっていました。

（1）どのような人を雇っているか

英国の教育システムは複雑であり、日本との単純な学歴比較は困難なため、全国一律に実施される資格試験を参考にどのくらいのレベルの人を雇っているか調べてみました。支店内で最優秀の英国人の成績（上位10％くらい）でも、大学進学率が6～7％であることを考慮すると、学力レベルは低めであると言えます。次に新卒入社はゼロですので過去の職歴を調べてみると、同一業界をずっと歩いてきている人（過去の職歴の半分以上）は全体の半分程度であり、英国人もかなりの程度職種も変えていると言えます。

（2）居心地は良いか

職歴の調査の中でわかったのは、過去に勤務した一つの企業への勤続年数を平均すると約2年にしかならないのに対し、当社入社後は平均して8年勤続しており、定着率は極めて高いと言えましょう。給与については、英国国営企業の賃上げ動向を見つつその水準より若干高めに決定しており、悪くないと言えます。

また、労働条件についても他社と比較して、良いと判断できます。労働条件も良く、定着率も高いのに、退職者が出るのはなぜでしょうか。過去5年間の退職者の分析をしてみると、職員総数のうち退職者の占める割合は10％を大幅に下まわっており、転職率の非常に高い英国においては極めて低い状態にあります。次に男子退職者の内訳を見ると、退職者の中には30歳を超えた人はいないし、また、30歳以下でも子供のいる既婚者はいません。
結局、生活の重さを感じはじめた年代以降に退職を決意する人は皆無ということになってしまいます。以上を総合すると、英国人にとって極めて居心地の良い企業であるということが証明されていると考えています。

(3) 昇進に何が重視されるか

各セクションの職位（日本流に翻訳して、課長、係長、主任、平）の平均年齢と平均勤続年数を記した一覧表を作成し観察すると、次のことが言えます。係長職の人の平均年齢は主任職の人の平均年齢より1歳しか上でないこと、係長職以上の人は全員勤続10年以上であることがわかりました。つまり、個人の能力を別に考えると、年齢よりも年功すなわち勤続年数を昇進の際に重視する、いわゆる年功序列型をとっています。

以上のような調査を自力で行ったうえ、日本的労務管理一般について考えをめぐらし、自分なりに日本的といわれる特徴をまとめ、自分の属す組織に適用してみました。その間、他外国支店の実情調査も行い、そのうえで「なぜ今まで組合ができなかったか」という問いに答えを出してみました。そして、今後どのように考えるべきかを提言しました。

日本人の場合でも金よりも地位を望む人が多いのですが、英国人も同様の考えをもっています。英国人従業員の話を聞いて観察をすれば、彼らの勤労意欲の向上は職場の実権を移譲することによって望めることは明らかなのです。日本人の少ない工場を成功させているソニーやホンダは、まさに多国籍化を推進していると言えましょう。時間の経過とともに海外の現地人スタッフも成長していきますので、今後は現地でのトラブルを避けるためにも、現地のニーズに応じた日本人スタッフの派遣が必要になってきます。

西独の支店は、英国における現地化の進行と較べてかなり遅れており、ドイツ人従業員の高齢化・高職位化はまだ先のことだとわかりました。

アメリカの場合は全く事情が異なります。私の所属する企業は最初の海外進出の主力をアメリカにおいたため、支店の歴史も古く、したがってヨーロッパよりもさらに現地化が進んでいます。ヨーロッパにおける現地化は、現地雇用従業員のための現地化であったのに対して、アメリカの場合は企業の発展のためには現地化が不可避であるということのようです。しかも現地化されるレベルは、職位の高いレベルなのです。アメリカの一流大学卒業生たちはインフォーマルグループを形成しており、何かにつけて助け合う互助組織になっています。友人や先輩の中にいる影響力の大きい人々からインフォーマルなルートで情報を入手できる仕組みになっています。したがって高い職位においては一流大学を出た人物を雇わなければ、良質でしかも重要な情報が入手できなくなり、企業にとって大きな痛手になることもあるのです。

社会主義国のソ連はどうでしょうか。現地化という言葉は極めて的はずれのようです。ソ連では特定の外国企業に勤務するということにはなりません。しかも彼らは優秀な共産党員であることも多く、政府への情報提供を行っているようです。したがってソ連における外国企業は、重要な事項や秘密を要する事項については、いっさい彼らに触れさせない態勢をとっています。現地化などとんでもないということのようです。

以上数ヵ国の労務事情を少し紹介してきましたが、世界は多様であるという感慨をもつに至りました。

さて、当時の日本の論壇の大勢は、日本的経営には普遍性がないという主張でした。しかし私はこのささやかな調査から、日本的労務管理は英国でも十分に機能しており、また英国人にもかなりの程度理解されているではないかという考えをもつに至りました。もちろん実際に日本の慣行を外地で実施する場合には、現地の慣行や考え方を理解したうえで修正して採用することが必要となります。

英国滞在日記「旅行記編」から

旅行は、私の英国滞在の中でも大きな比重を占めています。以下は私の旅行の記録ですが、この中から少し変わったところをとりあげて文章にしてみました。

■アラブ首長国連邦

〈アブダビ〉

真夜中の砂漠の空港である。月が意外に美しい。ロンドン発の南回り東京行きの飛行機だが、ここアブダビで降りるのは私一人である。ホテル代がベラボウに高い（1泊2万円くらい）ので、東京から応援出張で来ている旅客担当のO君のホテルに居候することに決めた。朝方の4時くらいまで、アブダビ空港支店の人たち5、6人と、日本から取り寄せたというワンカップ大関を飲みながら話をする。小さな国、夏になると湿度が100％になるという過酷な気候条件、日本からの大きな距離感、狭い人間関係、単身赴任、と話を聞けば聞くほど大変なところだと思った。

翌日の昼頃起きだしてスーク（市場）に出かける。日差しが強烈だ。まぶしくて目を大きく開けられない。アラブに来たという実感をもった。あいにく午後1時から4時まで休みなので活気がない。商人たちはみな昼寝をしている。

アブダビは、人口24万人で、日本人は600人いるという。スークをひやかすと韓国人か？　中国人か？　と聞かれる。一緒に働くと日本人でさえ怠け者に見えるという働き者の韓国人労働者がたくさん働いているということだ。この国は、上流階級がアラビア人、中流階級が商才に長けたレバノン人で、下層は出稼ぎのインド人や韓国人という構成になっている。アラビア人たちは、名目上は政府の役人になっているが、働かなくても最高の待遇を与えられている。

アブダビの中心街は、中高層ビルが整然と建ち並んでいる。派遣員の一人がアブダビを称して〝霞が関を砂でまぶしたような街〟と表現していたが、なかなかうまいネーミングだと感心した。街を歩いていると、何の産業もないことは歴然としている。石油がなくなればまた、元のように砂漠に還ればいいと思っているのだという話を聞いたが、本当だろうか。

街の看板を見ると、ソニーやナショナルの看板が目立つ。車はトヨタとマツダが多い。酒の飲めない国には転勤したくないと言っていた旅客担当の村上君に印象を聞くと、90％は日本車のようだと言う。実際にはもっと割合は小さいだろうが、やはりよく目につく。それにしてもこの国の車の立派さはどうだ。ベンツやジャガーといった豪華な車が多く走っている。英国で中古のボロ車を見つづけてきた私には少々ショックだった。奇妙なことに、これだけ車が走っていながら修理工場が一軒も見あたらない。壊れれば砂漠に捨てに行って、また新しいのを買えばいいからだという。石油で十分な収入があるのだろうが、経済の生態系がないという不思議な印象をもった。

スークの品物を見ると、手工業的な民芸品のようなものが多く、この国の産業のとぼしさを感じた。もし石油が湧かなかったら、おそらく今もただの砂漠の民だったのだろう。石油モノカルチャー経済だ。

女性の姿はほとんど見かけないのが印象に残った。男ばかりの光景というのも異様なものだ。時おり見かける女性は全員が黒のショールのようなものをはおっており、顔も隠している。暑くてしかも湿度の高いアラブで、この格好によく耐えているものだと感心した。治安は素晴らしく良いのは意外だった。カメラを路上に置き忘れて、しばらくたって戻ってみたが、ちゃんと元の位置にあった。

ドロボーがいないのは、生活水準（一人あたりの国民所得はクウェートに次いで世界2位）が高いのに加えて、犯罪には厳罰が下るからだ。「目には目を・歯には歯を」の教えが生きており、下手な犯罪では全く割に合わないのだ。犯罪のない社会というのは気持ちがいい。日本も道路交通法の厳しい改正で事故が激減したと聞くが、窃盗も割に合うかどうかという商行為と考えればこのアラブ実情も納得がいく。

整備担当のOさんの超豪華マンションで、夜はパーティ。アブダビにステイしているスチュワーデスたちと支店の人たちとで11時頃まで食事をしたり、踊ったり、楽しい夜だった。夜中の2時頃、隣の部屋からOさんのうたう調子外れの演歌が聞こえてくる。シーンと寝静まった砂漠の果てで、日本から持参したカラオケでうたっているのだ。過酷な条件のもとで働く我々の仲間の心情を垣間見たような気がして感動した。

翌朝さわやかな風を浴びて海に出かける。ロンドンで半年近く太陽のない生活を送っていたので、重たくたれこめた憂鬱な気分がこびりついていたが、久方ぶりに豊かな気分になった。二人の欧米の女性がビキニ姿で寝そべっている。めずらしいのであろう。アラブ人たちは適当な距離を保ってはいるが、露骨に、アラブ人特有の大きな眼でまじまじと女性の裸を見ている。日に当たらないロンドン生活で生っ白くなってしまった体を太陽にあてようと上半身裸で浜辺を歩く。その姿のままタクシーをつかまえ、「砂漠にやれ!!」と伝え、30分ほど走ると、砂漠の道路の両側にいい車が何台も捨ててあるのに気づく。聞けば、熱と塩害により1ヵ月もたたずにボロボロになるという。原型をまだとどめているフォルクスワーゲン、赤茶けたさびが出ているスカイライン、もともとはどんな車なのか見当もつかない鉄のサビのかたまり……。

砂漠の中に現われる村落、ラクダ、道のあちこちで何を考えているのか座りこんでいる人々。なんとも殺風景だが、人間を車でひくより、ぶつかるともっと高い金をとられるという。

アラブの国々は今、懸命に近代化を推進しつつある。工業化のサウジアラビア、金融のクウェートなど。だが今までイランを含め工業化に成功した国はない。金で近代化が本当に買えるのだろうか。石油が尽きれば、この国もいつの日にか消え去ってしまうのではないだろうか。そういう意味では、日本などよりも砂上の楼閣（あるいは油上の楼閣というべきか）という言葉がピッタリする。日本は資源がないとよく人は言うが、むしろ資源のないことによって知恵を出さざるを得ず、結果的にはいい国をつくれたのだと思う。

アブダビは異様な街だ。都市のほどよいバランスというものがない。都市は、いろいろな職業が互いに関連しながらサイクルしているとき初めて、バランスのとれた生きた都市と呼べるのだ。数年前に旅行したエジプトのカイロは、同じアラブとはいっても数千年にわたる歴史があり、人々の生活や態度にも落ち着きがあって何やら人間的で好感をもった。

砂漠の民も西欧流の豊かさに慣れれば、次第に昔の生活に戻る気をなくしてしまうのではないか。このアブダビにも人間を滅ぼす可能性のある酒、性が解放されたらどんなことになるやら、興味深い。

■トルコ共和国

ヒースロー空港でイスタンブール行きの便に乗って、さあ出発というときに、重量が重すぎるという理由で降ろされてしまった。つまり割引の航空券を使っている人は何かあれば容赦なく降ろされてしまうのだ。おかげでもう一人の不運なトルコ人、ヌリ君と仲良くなる機会を得た。フランクフルトに留学している学生だが、金がなさそうなので私のマンションに連れて帰り、話をした。

さて、その翌週、イスタンブール着。

バスに乗って空港から市内へ向かう。イスタンブールはごちゃごちゃしたハプニングが起こりそうな興味深い街のようだ。適当に歩いてホテルに入る。最初は125リラ、つまり1000円くらいの部屋を見るが、トイレに汚物が残っていたり非常に不衛生だった。しかし、しつこく勧めるので2000円の部屋に泊まることにした。部屋に連れて行ってくれたトルコ人と、隣の部屋にずっと住んでいるというトルコ人が私の部屋に入ってくる。むこうはトルコ語、こっちは英語なのでまるっきり通じない。

夕食は、日本でいう一杯飲み屋で魚のテンプラをビールで流しこむ。腹がいっぱいになったところで、ひとつイスタンブールの夜を探検しようという気になり、一人でナイトクラブに入る。東南アジア系の女性が多く、ホステスやダンサーとして働いている。しかしイスラエル人だという女にシャンパンを抜かれたりして、結局5万円ほどまきあげられてしまった。中近東の暴力バーだ。小生もまだまだ世界に通用せんわいと反省した。

金をまきあげられて気分は良くなかったが、裏街にある果物屋、一杯飲み屋などをひやかしながらホテルに戻る。金をボラれはしたが、人間のひしめく生き生きとした街だという感じがする。イスタンブールを好きになりそうだ。

翌日、ぐっすり眠って10時頃起床。

シャワーを浴びて外に出る用意をしたら、金がなくなっているのに気がつく。さすがに楽天的な私もガックリきた。ホテルの従業員に事情を知らせる。ところが相手が英語を解しないので全然わかってもらえない。結局1時間以上も手まねで説明したあげく、やっと理解してもらった。ここもやはりイスラムの国なのだろう、やっかいなことはゴメンだというように1000円ほど渡され、ホテル代はタダにしてやるから出て行ってくれと言っているようだ。実際にはカギをかけずに寝てしまったのだから、当方にも大きな落ち度はあるので、「まあなんとかなるだろう」と、しぶしぶ示談に応じる。結局手持ちの金をかき集めると、日本円に換算して1600円しかない。しかしホテルの外へ出るといい天気だ。気持ちがパーッと明るくなってしまう。

イスタンブールの街を歩く。人がものすごく多い。ウインドウの品物をのぞく限り、物価は高い。非産油開発途上国であるトルコのインフレは、年率70％というものすごいものだ。2年前発行の案内書に空港と市内のバス料金が10リラとあったけれど、実際には20リラだった。

ドロボーに金を盗まれてしまって一文無しなので、大きなホテルに入ってダイナースカードを証拠に、ホテル代とお金を貸してくれるよう交渉する。さんざんねばったあげく貸してくれたのは、ホテルから空港へのタクシー代だけだった。金のない心細さで気が張っていたのか、1時間ほどホテルのベッドで寝てしまう。時間があまりない（明日は帰らなければならない）ので、夕方になってからトルコ一の大市場というグランドバザールに出かける。イスタンブール大学の前に、入り口は小さいが、中はとてつもなく広いスークが広がっていた。革の鞄、金細工、絨毯、服、小物、陶器……。トルコ帝国の盛時の華やかさを十分に想像させるものばかりだった。私をジャポネ！と言って親しげに声をかけてくれる。日本人はどこでも人気がある。しつこく買えと言われるのだが、金が2リラしかないので仕方がない。イギリスに留学していたとかいうトルコ人の学生に声をかけられる。「金をとられた」と言うと、「金は天下のまわりもの」と言ってなぐさめてくれる。どこの国にも同じようなことわざがあるものだとおかしくなる。

最悪の場合には頼ろうと思い、日本総領事館をのぞく。表に日本の紹介として写真が貼ってあった。

ソニーの工場の流れ作業の様子

伝統的芸術である焼きもの

新幹線の車体とその整備

富士山

結局こういうものが現代の日本を象徴するものだろう。

街を歩くと軍人の姿がヤケに目立つ。彼らの目はキラキラ光っていて、緊張感がみなぎっている。テロリストがいるのだ。インフレにより財政の破綻をきたしつつあるトルコは、警察の力だけでは不穏分子を防ぎきれなくて軍隊までが狩り出されているのである。

イスタンブールはアブダビに比べると安心できる街である。世界のどの街でも、伝統のある国（エジプト・インド・ギリシャ）はたとえ貧しくても安心感があるのだが、アブダビのあの奇妙さは、やはり特殊なものと言わねばなるまい。

イスタンブールではひどい目にあったけれども好きな街だ。街全体が非常に人間的だ。タクシーの運ちゃん、バザールの商人、みんなとても人間くさい。人種的には日本人と全く違うので、タイあたりにいるときの安心感とは違うが、なかなか親しみのもてる愛すべき人々だ。

翌日タクシーに乗って空港まで行くと、それだけで金がなくなるので、重い荷物を持ってトコトコ1時間半歩いてバス停にたどり着く。ホテルを出るときに気がついたが、壁に、〝Have you ever been to real Turkish bath?〟ホントのトルコ風呂（本物は男の三助が背中を洗ってくれる）に行ったことがあるか？と書いてあった。日本のトルコ風呂も有名になったものだが、金さえあれば後学のために行ったものを、これだけが心残りだった。日本で「トルコ大使館」という名のトルコ風呂が本物のトルコ大使館から抗議を受けた話を思い出したりした。

金がないというのは本当に情けないことだ。

イスタンブール空港に着いたら急に腹が減ってきた。トルコの街角でよく売っている怪しげな丸いパンを買ってコーラで流しこもうとするが、1リラ足りない。困って頭をかきむしっていたら、隣のトルコの兄ちゃんが出してくれた。なんと親切な人だろうと神様みたいに見えた。十分にお礼を言う。

ゲートではハイジャック防止のためにボディチェックをやっている。左側が混んでいるので、私はさっと右に並んだ。ガードマンが私の顔を見て不思議な顔をする。私のコートの前を開けて胸に触わり、「Lady?」と聞く。「ちがう!!」と言うと、まわりの女たちがみんなして笑い者にする。そうか、こっち側は女用だったのだ。

直接ロンドンに帰ってもよかったのだが、パリを少し見ようと思い、パリ経由にする。エアフランス機でパリのオルリー空港着。もう一つのシャルル・ド・ゴール空港を見学し、ロンドン行きへ乗りこむ。このとき、なつかしそうに私に話しかける人がいた。伊藤忠商事のラゴス事務所の総務マネージャーの坪沼さん。治安が極めて悪いので有名なアフリカのラゴスの話などをしてくれる。坪沼さんが、ロンドンを空から見て、「ラゴスとヨーロッパはどうしてこんなにも違うのでしょうねぇ」と言っていたが、その通りだと思う。まったく世界は多様だ。

■北アイルランド

〈ベルファスト〉

この旅行は、北アイルランドのテロ集団IRAの兵士をひと目見たいという理由からだ。空港から市内までの間、銃を持った兵隊が空港に出入りする車を停めてチェックをしているのが見える。私のほんのわずかな知識の中にあるＩＲＡの存在が次第に現実味を帯びてくる。市の中心の大きなホテルのロビーでひと休みと思ったが、荷物をすべてあらためられるなど警戒が厳重でロビーに入る気をなくしてしまった。ちょっとした店に入るにも入り口にガードマンがいて手荷物の検査を行っている。日常の生活にも宗教闘争の影が映っている。

ＩＲＡは、英国の一部である北アイルランドの少数派カトリック系住民の中を泳ぐテロ集団である。同胞で構成するアイルランド共和国と統一を果たしたいという民族的心情と、英国の中にとどまって優れた福祉の恩恵にあずかりたいという本音の部分があり、また英国にとどまる限り、多数派のプロテスタントから圧迫されるという状況の中から生まれたゲリラである。カトリック住民のもつこのような欲求不満を代弁する形で、建物を爆破したり、人を殺したりする。

１８００円のＢ＆Ｂ（ベッドとブレックファースト）という名の安宿に泊まることにした。英国ではどんな小さな街にもＢ＆Ｂが存在する。たいていは気のいいおじさんとおばさんがやっていて、朝食込みでほんの２～３０００円くらいだが、小ぎれいで風情のあるものが多く、また、一般のホテルと違って人情にふれることができるので、私は旅行中には必ずこれに泊まることにしている。

このときのＢ＆Ｂは、隣の部屋と続きになっているし、洋服ダンスを開けようとしたら取っ手が抜けてしまう。「カギは?」と聞くと、アイリッシュなまりのひどいおばあちゃんが「そんなものはないよ」と言う。

外で食事をしながら、アイルランド関係の本を読む。旅行記や文明批評、あるいはその土地に関する歴史、経済、地理などの情報はその土地で読むのが最も良い方法だと思う。最近の私は、旅行に出るたびに本を数冊読み、その国や土地に対し目が開かれてきている。

翌日はたまたま復活祭の日曜である。カトリック系、プロテスタント系双方の大パレードがあるのだ。なんとしてでも見物して、パレードのあと墓地に現われるというIRAの兵士の姿を見たいものだ。

食事を終えたあと、先ほど厳重な警戒がいやで入らなかったホテルのバーで酒を飲む。帰り際にガードマンに明日のカトリックのパレードの場所を聞くと教えてくれたが、「注意するんだよ」と言ってくれた。

B&Bに帰ると、隣の部屋に中年の貧相な男が入っている。聞けばベルファストの住人で独身だが、飛行機の修理をやっているという。ものすごいアイリッシュなまりの英語だ。manyをマニイと発音する。サッチャー首相のような格調高い英語の響きは心地いいものだが、このおっちゃんの英語を聞くと疲れる。私は18歳くらいと間違われてしまう。彼が言うには、昔はメイド・イン・ジャパンは悪い製品の代名詞だったが、今は完全に逆になってしまったと日本をほめる。だんだんにじり寄ってくるので、ホモかもしれないと思い、適当に切り上げる。この男に襲われたら困るので、電気をつけたまま、若干警戒しながら寝た。

翌日、朝食後にカトリックのパレードを見に出かける。カトリック地区に近づくにつれ、窓ガラスがほとんど割られた家、鉄条網を張りめぐらした家が目につくようになる。壁にたくさん塗りたくられている落書き。「ＩＲＡ」とか「殺せ」とか意味は完全につかめないが、物騒な感じだ。やがて教会が見えてきた。

ちょうど11時になったらしく、鐘が鳴りはじめた。アパート群の真ん中にある教会の前まで歩いて行く。子供たちがいっぱい私のまわりに集まってくる。教会の向かいのアパートの階段に腰を下ろしていると、これほどの人間がどこにいるのかと思われるほど多くの人がぞくぞくと集まってくる。しかしなんと子供の数の多いことか。14〜15人の子供たちがめずらしげに私を取り囲んでいる。その中の一人に「兄弟は何人いるか？」と聞くと6人と答えた。これだけ子供が多ければ、生活が苦しくなるのは当然だ。教会の前にいたおじいさんに、「教会のミサを見られますか？」と問うと、ＯＫだという。混んでいるのにわざわざ席まで探してくれた。ミサが終わったあと、まわりの住宅街を歩いてみた。

至るところにＩＲＡの文字の落書きが見える。ずんずん奥に入っていくと、2階建ての長屋の窓のほとんどをコンクリートで塗り固めた奇妙な家々が目に入った。このベルファストという街は、表通りはレンガ色の街並み、美しい教会、澄んだ空気と、しっとりとした味わいをもついい街だが、少しでも奥に入るとこの有様だ。

この地区にあるほとんどの店が防衛のために扉をがっちり閉めている。やっと見つけたパン屋で、パンとコーラを買ってひと息つく。

笛や太鼓の音が鳴りはじめた。やっとパレードが始まる雰囲気になってきたので、その方面へ歩きだす。パレードの出発地点に着いて、カメラを持って「ＩＲＡの写真を撮ってやるぞ」と意気込んでいたのだが、パレードの関係者らしき人から「ジャーナリスト用の撮影許可証を見せろ。パスがなければ撮影は許されない」と言われてしまった。ＩＲＡは人民の海を泳ぐゲリラなので、身元が割れるのは困るのだろう。

仕方ないので今や遅しと、メモを片手に待ち構えた。突然、太鼓の音とともに、黒サングラス、黒ベレー帽、黒いジャンパー、黒い靴と、すべて黒装束の一団が目の前に現われた。興奮してしまい、隣の見物人に「彼らがあの有名なＩＲＡか？」とたずねて確認した。全員面構えがいい。パレードを見守る見物人から期せずして拍手がおこる。僧侶や民間人のパレードが続いたあと、先ほどと同じ黒ずくめのＩＲＡの女性が20人ほど通った。パレードの先頭が総数１００名というＩＲＡのうちの40人だから、写真を撮られ、身元が割れたら彼らは破壊的な打撃を受けるのだろう。自分たちの鬱積《うっせき》した感情を表現してくれるＩＲＡには迷惑をかけられることもあるだろうけれど、市民からの人気はやはり高い。ＩＲＡに会えて幸運だった。

英国はすでに世界の英国ではなく西欧の中級国家となっている。ECという地域主義に徹することで生き延びようとしている。そのためには国家としてのまとまりが必要であり、政府はそういう政策をとりつつあるし、大局的には、世界の一つの極としてのECへの統合という遠心力を養成していくことが必要だ。

しかし英国は、イングランドとウェールズとスコットランド、北アイルランドという4つの地方から成り立っているという事実がある。スコットランドはつねに自治権を要求しているし、北アイルランドはIRAの存在が示すように必ずしもうまくいっていない。それぞれの地方がまとまりたいという民族主義と呼ぶべき力もまたあるのである。こういう求心力とともに先にのべた遠心力に引っ張られているのが現在の英国の状態である。

北アイルランドへ2、3日旅してみると、そういう国の状態が見えてくる。前途は多難と言わざるを得ない。

■ソ連・東欧

〈モスクワ〉

空港から市内へタクシーで向かう。6月のモスクワは一年中で最もいい季節である。道路は3車線だが少しデコボコがある。道の両側には、美しい並木が続き、所々に大きな公園も見受けられる。道行く人の表情も割と明るく、恋人たちの姿もあり、思ったよりもソ連の第一印象は良い。政府も住宅建設に力を入れているのだろう、20階建てくらいの高層住宅群が所々に見える。

今回は、モスクワ支店の実情を知るという大義名分があるので、支店の総務の奥野氏が出迎えてくれた。ウクライナホテルにチェックインする。ホテルのシステムを教えてもらったが、複雑で1回では理解できない。奥野氏はもともとロシア語が専門らしく、ロシア語での会話が素晴らしくうまい。不良少年の増加、売春の実在、辻々に必ずいる警官、エリートなどについていろいろ話をうかがう。ソ連人の平均賃金は4万3000円。住宅費が安く、日常生活に必要なものは安いので、生活には割と余裕があるらしい。しかし、車や外国製品に関しては完全な品不足であり、金があっても買う品物がないという状態だ。英国に住む私は、買いたいものはあるが、買う金がないという状態なのに対し、ソ連の駐在員は、金はいくらでもあるが、物がないという状態。いったいどっちがいいのやら。

ソ連では何もかも手続きがややこしい。また警官は町中至るところにいる。これは資本主義国のように、需要のあるところに人を供給するという考え方がないのだと思った。つまり、人がいるから仕事を不公平にならないように分配しようという精神だろう。したがって失業はない。失業と引きかえに、能率や快適さを犠牲にしているのだ。

夜になると、酔っぱらいが警官に連行されるのをよく見かけた。労働者が度の強いアルコールを飲むようになって、酔っぱらいが多くなってきており、翌日の生産に支障が生じつつあるからだ。英国のパブが今もって11時にラストオーダーになっているのは、18世紀後半の産業革命直後の厳しい長時間労働が終わって、その日の疲れを癒やそうとしてつい度が過ぎてしまい、翌日の生産に差し支えたため、政府が規制したことを思い出した。日本の高度成長時代にも酔っぱらいをよく見たが、体制や時代は変わっても重労働と酒は縁の切れないものらしい。

宗教について聞いてみると（共産圏に宗教が存在するのは不思議なことだが）、ギリシャ正教が5000万人、イスラム教徒が2000万から3000万人（実数はつかめないらしい）。ソ連という国は、我々が外から見ているとソビエト連邦という巨大な国家というイメージが強いが、実際は、たくさんの共和国の集合体なのだ。たとえば私が一人で街を歩いていても、十分にソ連人として通用する。モンゴルに近い共和国から出てきたと言えば信用されるのだ。これは新しい発見だった。また、宗教的に見ると、イスラム教を信じる人は南方の被支配民族に多い。被支配民族などと変な言葉を使ったけれども、この国は、実際にはロシア人の共和国が他の異民族共和国を支配しているのが実情である。ロシア共和国は、各共和国の中枢部に人を派遣し統治を行っている。だからそれらの共和国ではロシア人の評判は悪い。ロシア語の使用でさえいやがるのだという。この点は東欧も同様らしい。

翌日はクレムリンへの観光ツアーのあと、夕方に支店の総務マネージャーの山田氏宅に呼ばれる。広い豪華なマンションである。ここは外国人専用マンションだが、本に書いてある通り見張り番がいて、出入りする外国人の動静を見張っている。奥さんは、まだこちらに来て日が浅いのだけれど、一人でどんどんモスクワを歩きまわっているので、ソ連人の生活がよくわかるようだ。買い物の不便さとか、隣近所のソ連人の様子だとか、なかなか興味深い話をうかがった。

ホテルに勤める若い女性の様子を観察する。年中、鏡を見て化粧に余念のない女性。また少し話しをすると私の持っている鞄とか洋服のブランドなどに異常な興味を示す。分厚い鉄のカーテンからもれてくる西側の光は、彼女たちにはたまらない魅力なのだろう。昔の日本人がそうであったように、ソ連の若い女性も外国人にはからきし弱い。

タクシーに乗ると、ドルをほしがる人が多い。ヤミでドルをほしがる人が多いのだ。ヤミでドルを買ってどうするのかと問うと、ドルショップ（ドルで外国製品が買える）で物を買いたいからだという。また、このヤミドルは、あるルートを通じ、海外出張のチャンスのある一部政府高官に流れるので、政府も適当に泳がせているそうだ。うまくできている。しかし、もしそれが本当だとしたら、社会が腐っていると思う。

翌日はまたも快晴。この日は、たまたま日航の職員や家族のレクリエーションに参加する機会を得た。バスに乗って1時間ほど走って、河原に到着。途中の風景は、モスクワが緑あふれる街であることを十分に証明している。バーベキューを食べ、ロシア人とも一緒に話をしたりキャッチボールをしたりして楽しく過ごす。

日航のロシア人女性職員の夫に、医者をしているというおもしろいオヤジがいた。名前をユージン・コーフシティリブという。日本語ではどう書くのかと聞くから「友人甲府市在」と書いて、甲府市に住む友だちだという意味だと言ってやると大変喜んだ。彼はなかなかの物知りで、神風特攻隊を知っているし、驚いたことに横井庄一軍曹のことも知っていた。

帰ってからひと風呂浴びて、夜はサーカスへ出かける。空中ブランコ、犬のショー、馬のショー、奇術、ピエロ、棒プレイ、空中ダンスと芸は多彩である。10分間の休憩後、第2部が始まる。エレキギターのグループサウンズあり、西洋風のモダンダンスありで、モスクワにいるのをふと忘れそうになってしまう。

庶民レベルでは、西欧に対するあこがれが強いことがよくわかった。

人の話を聞き、自分の眼でも確かめた共産主義の本家、ソ連。私が学生時代に勉強したマルクス主義とはあまりにもその実態がかけはなれている。マルクス主義は、歴史における実証で十分に崩壊していると言えるのではないか。

■ポーランド

〈ワルシャワ〉

飛行機から見たポーランド。素晴らしく手入れの行き届いた土地だ。全くの平地で、森以外はすべてきれいな畑で濃淡があり美しい。豊かでしかも平地であり、ロシア、ドイツ、スウェーデンと、折あるごとに狙われた歴史があるのは悲しい地理的条件だと思う。ワルシャワでは地図をたよりに一人歩きをしよう。

同じ共産国といっても、この国は割と自由な感じだ。ホテルにおいても、ソ連で体験したような秘密警察のにおいが全くない。大きな一流ホテルをすべてあたってみるが、満室で断られてしまう。日本人をやっと一人、ホテルで見かけた程度であり、東欧は日本にとってなじみの薄い国だと思った。

社会主義国と資本主義国との違いは何か。結局は人々の暮らし向きが良いか悪いかということが大事なのだ。体制の善悪というより、人々の暮らし向きだろう。体制を超えて仲良く付き合う、というのは変なことではない。それぞれの国がそれぞれのやり方で暮らしを向上させればいいのだろう。

ホテルを探して2~3時間、重い荷物を持ってウロウロしているうちに、道ばたで世間話をしていたおじいさんに声をかけられる。プライベートと言うが、おそらく民宿のことだと思う。社会主義国にも民宿があるのかと不思議な気がしたが、いい経験だと思い、宿を決めた。

3DKのアパートに夫婦と子供一人の家族が住んでいた。ソフィアという太ってたくましい母親と小さく貧相だが人のよさそうな父親、10歳くらいのコロコロ太った娘の三人。

ひと休みしてからワルシャワの街へ。メインストリートの店を見てまわる。小規模店舗が多く、品物は垢抜けない物が多いようだ。夕食にビールとワインと、ウォッカを飲む。あしたがってかなり酔う。10時過ぎにアパートに帰る。田舎丸出しの素朴でいい家族だ。あまりに気持ちがいいので追加に4ドルあげたら、母親は喜んで私にキスをしてくれる。いちごのおかしを分けてくれ、30分ほどお互いの言葉で、つまりこっちは英語、向こうはポーランド語で語り合う。全く通じないけれども、なかなかおもしろかった。

私の部屋には絵が4つ飾ってあり、きれいなバラの花をさした花瓶もあり、とても気持ちがいい。

翌日、歴史博物館を訪ねて電車に乗る。切符を外で買うことに気づかず、結局タダ乗り。地図をたよりにウロウロしているうちにたまたまある教会に入る。ポーランドが生んだローマ法王パウロの写真がマリア様の像の下にかかげてある。たくさんの教会と法衣をまとった人々の群れを抜けると、やっと広場に出た。中世風の建物に四方を囲まれている広場だが、絵がたくさん売られており、どの絵も素晴らしい。歴史博物館に入ると、ちょうど映画をやっていた。第二次大戦でドイツに木っ端みじんにやられたワルシャワの惨めな様子を描いている。見ると、ほとんどの建物が、柱が若干残っているだけの瓦礫の山となっている。街の85％が灰じんに帰したと言われているが、とにかくものすごいやられ方だったようだ。そして終戦、復興へ。

非常におもしろかった。このようなフィルムを戦後ずっと放映し続け、戦争を拒否しようとする態度は、立派なものだと感銘を受けた。中世風の広場には、絵描きや辻音楽師などもいて、のどかで平和な風景だった。

社会主義国の首都ワルシャワというより、東欧の古い街ワルシャワという表現の方が当たっている。1泊しただけだが、ポーランドには非常に好感をもった。

■チェコスロバキア

〈プラハ〉

ホテルに着いてバレエかオペラの切符を頼んだが、満席のため断わられてしまう。タクシーの運ちゃんに、「もしスメタナホールでの催しものを見ることができたら、ドルで交換してやるからな」と因果を含め交渉させた。うまくいって予備席を一つ用意してくれた。チェコの英雄スメタナを記念したスメタナホールは立派な劇場だ。天井の飾りといい、シャンデリアといい、階段のつくりといい、見事なものだ。

チェコスロバキア人が正装して続々やってくる。何人かに英語で話しかけたが、全員ドイツ語しかダメだという。出し物はバレエだろうと思っていたら、そうではなくオペラだった。とにかく劇場に行けばなんとか入れるものだというロンドンでの経験が役に立った。

第四部

成田

1　成田

汲み取り料金を払わないと…

独身で一人住まいの場合、最も困るのは何だと思いますか。食事でも洗たくでもありません。人間が日々の生活を営むうえで、この社会の仕組みを根本から支えているもの、つまりは、税金や公共料金の類をどうやって納付するかという手段が問題になるのです。

そもそも国というものは、国民から税金を取り立てて、その資金でもって国民生活に必要なさまざまな事業を行うものです。それは重々わかっており、悪気はないのですが、結果として、そういう仕組みにタテつくことになることがままあります。あまり自慢になる話ではありませんが、そういう話を少しばかり。

夢のようなロンドンから帰国したあと、私は千葉県のある街に一人で住もうと決めて、いくつか不動産屋をめぐりました。いかにも土地の不動産屋という感じの、人のよさそうなオヤジにだまされて、一戸建てに住むことに決めました。

契約はしたものの、この家には驚きました。この家は道路に面しているため車の通る音が聞こえ、もっとまずいことに、家の前には私鉄のK線が通っており、反対側の窓からはS線の高架が走っているのが見えます。その二つの線が最もせばまったところに家があるのです。

家の中に座っていると、左の耳には、地ひびきをたてながらK線の電車が走ってくる音が入ってきます。右の耳には、快速電車がヒューンと風を切りながら走り去るのが聞こえてきます。しかも悪いことに、家の前は踏み切りで、K線の電車が近づいてくると警報機がチーン、チーンと長い時間鳴りわたり、電車が線路をこする音が最高潮に達すると、やっと小さくなりはじめます。「あーあ、やっと過ぎたかあ」と安心するや否や、驚くなかれ、今度はチンチンチンと、憎っくき警報機がケタタマシク鳴りはじめます。何事ならんと窓を開けると、今度は反対側から電車が走ってくるのです。

どうしてこんな風になったかというと、都会の人間は気が短いものですから、左方向から電車が通りすぎると、急いでわたろうとして、右側から来る電車に気がつかなくなって大変危険なため、驚かすためにそういうしくみにしてあるのだそうです。おまけにこのK線は、本数が多く、しかも朝が早い。したがって、朝は5時頃から夜は12時過ぎまでチーンチーン、ゴオー、チンチン、ヒューンとまことに騒々しい。

初日は、眠れなかったので不動産屋のオヤジに「ひどいじゃないか」とどなりこんだところ、「いや、大したことはねえよ。人間つうのは、何にでも慣れるもんだで。普通の人なら1ヵ月で慣れるが、あんたは気分が大きそうだから、1週間もあれば慣れるさ」と太鼓判を押されました。

　なんとなくほめられたような気になって暮らしていますと、３、４日で、あまり気にならなくなりました。さすが長年生きているオヤジだけあって、よく人を見ているものです。この家のもっとひどいところは、なんとトイレが汲み取り式なのです。東京で、しかも花のロンドンから帰ってきて住む家が汲み取り式はないだろうと思ったものですが、本当にこれは失敗でした。

　臭いのはフタをすればがまんできますが、面倒なのは、市役所から時おり料金の請求がやってきます。「汲み取り料金を払ってください。今月は何百円です」。例によってほったらかしにしていますと、キツメのレターが舞いこみはじめました。それでも放っておくと、最後通告がやってまいりました。世の中に、これほど無慈悲で、しかも人の弱味につけこんだ言葉はありますまい。「○月○日までに支払わなければ」、おお恐ろしい、「○日より、汲み取り停止処分に処す」と書かれている

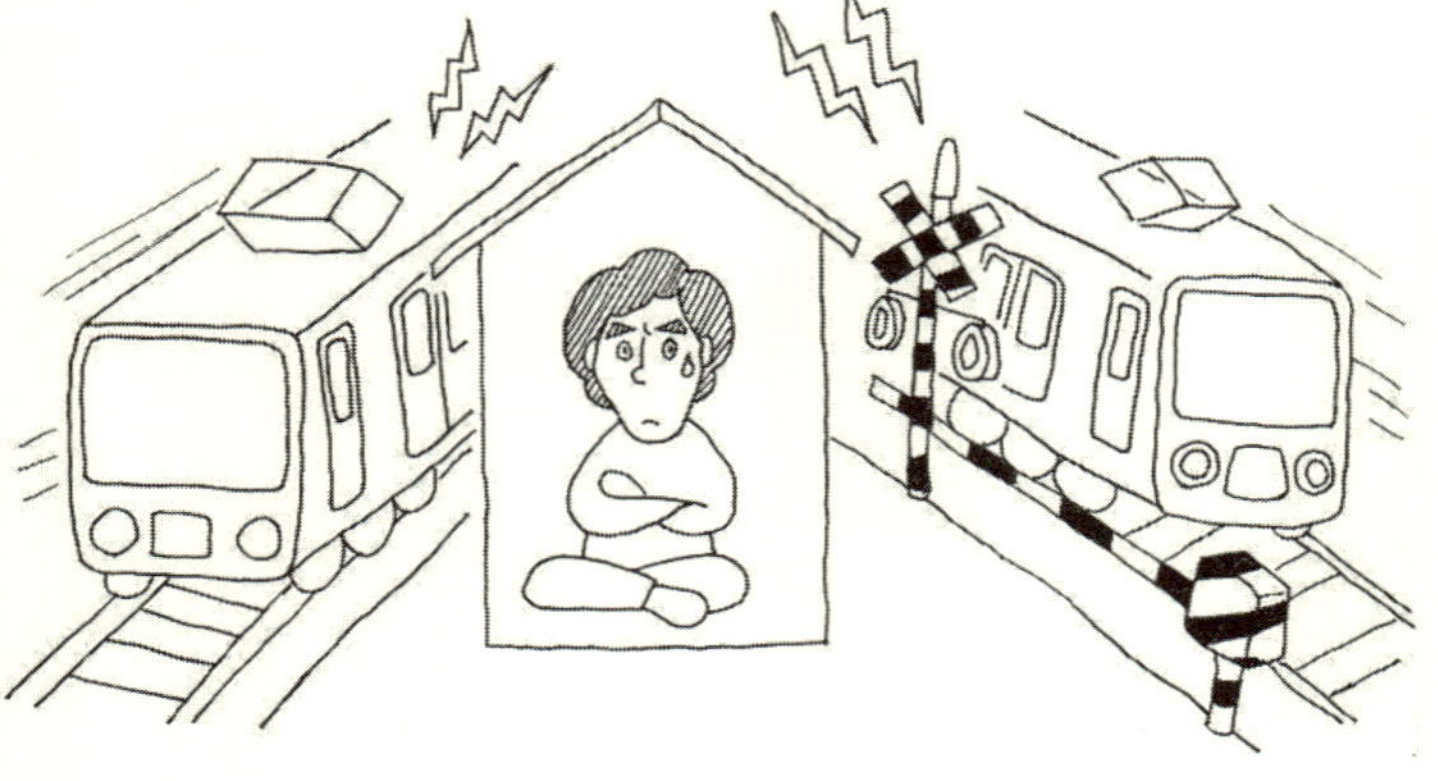

ではありませんか。もしも汲み取りが停止されたら、と考えると恐ろしくなってきました。これには、さすがの私も権力の圧力に屈しました。会社を休んで、市役所まで払いに行ったものです。権力って怖いですね。

やせたソクラテスであれ

私がまだ中学生か高校生だったか、東大の総長が卒業式でこれから社会に巣だつ学生たちに贈った言葉が、しばしばマスコミの話題になりました。たとえば、大きな国民運動にまで発展した当時の総長の提唱した「小さな親切」という言葉。

そしてもう一つ、私の記憶に鮮明なのは、大河内総長が言ったとされる次の言葉でした。「諸君、太った豚になるより、やせたソクラテスになれ」。今から春秋に富んだ人生を過ごすべき若人に与える言葉として、まことに含蓄のある言葉です。また、テレビのインスタントラーメンの広告か何かに「青春っておなかがすくね」と美女がつぶやくシーンがあったのを覚えている方も多いことでしょう。そう、まことに、青春はおなかがすくのです。しかし、おなかがすくべき若い時代に、そしてすでにもう若くはない時代においても、太ってはいけないというのは、なんという厳しい言葉でありましょうか。

しかし、やせるなどということは、単なる空ろな精神論では成就できないしろものです。

動物でもそうらしいですが、メスがほかのオスと仲良くなったとき、やせた動物は旺盛な闘争心で戦うが、人間にエサをもらっている太った動物は、「どうでもいいや」という表情で寛大にそれを許すそうです。これは、動物として全くの堕落であることは明らかです。人間も同じではないでしょうか。

就職後、徐々に太りはじめた私は、書店でおもしろい本を見つけました。指揮者である岩城宏之氏が著した『男のためのやせる本――つねに雄々しく戦いつづけよう』がそれです。大学時代、3年生のときに探検部のキャプテンに選ばれたのは、ひとえに私が大飯食らいだったからです。胃腸の丈夫な人はエネルギーの大量蓄積が可能であり、したがってタフだからです。

当時の私の自慢は、①早メシである（歯で食べ物を噛む習慣がないため普通の人の2～3倍のスピード）、②大食いである（1回に4合の米を食べたこともある）、③腹をこわしたことがない、ということでした。学生時代は山や鍾乳洞へよく出かけていたし、体を動かしていたので比較的やせていました。就職するということは、金が自由になり、食べたいものを腹一杯食べられるということであり、したがって私は毎年のように体重が増えていたのです。その頃です、この革命的な本に出会ったのは。

「お愛想、へつらい、ハッタリ、酒、ホステス」「どうしても男の30歳は太る危険信号の出る時期だ」「精神の緊張がゆるむからだろうか」、時あたかも20代の後半に突入していた私は太った岩城氏の腕で頭をガツンとなぐられた気がしたものです（ちなみに岩城氏は、84キロの体重を数ヵ月間で67キロにまで落としている）。「主食以外のものを先に食べ、足りない分だけメシを食う」「肉はとり肉」「ライスを3分の1残す習慣」「酒は低カロリーのウイスキー」「つまみはとらない」「飲む日は朝食を控えめに」「理想体重より1キロ落としておけ」「10日に1度、ハメをはずす日を決める」「要は、胃袋に『昔の感覚』を思いださせないことだ」

これらを翌日から実行した結果、3キロはやせたでしょうか。しかしこの本は単にやせるための技術の紹介にとどまりません。真髄は、精神のぜい肉落とし論です。

17キロの減量に成功した氏は言います。「一筋に没頭するものをもっている男に中年太りは無縁」「武人は太っていない」「挫折したとき、恋が終わったときに太りだす」

氏はさらに生きがい論にまで言及します。「サラリーマンのくり言に同情はできない」「生きがいというものは、目前の仕事を自分にとってやりがいのあるものに変えようという実に個人的な努力から生まれるはずだ」

さらに調子にのった彼は、やせた効用を語ります。「減食でほんとうの味を知る」「節食をすると頭が冴えてくる」「視野が広くなる」「神経が鋭敏になる」「ゆとりができる」「オシャレに気をまわさなくなる」

音楽を解しない私は、氏の指揮棒をふるう姿は見たことがないのですが、「違いのわかる男」でコーヒーをブラックで飲んでいる姿や、「すばらしき仲間たち」で赤いシャツにラフにブレザーを着こんだ男前のあがった岩城氏をテレビで見かけることが多くなりました。

この本を手にした頃からでしょうか、「勉強したい」と本格的に思いだしたのは。文章を書いたり、仲間と研究会を開いたり、その後の私は太っていたときよりずっと知的になったような気がしています。この本は、油断するとすぐに太ってしまう自分にブレーキをかけるという大きな効果がありましたが、水ぶくれして弛緩した精神を拒否させるという点においても圧力をかけています。「餓鬼のごとき食欲を、自分の意志の力で支配することが必要」とも言っており、欲望を自分の意志でコントロールできなければ、戦う男の資格はないということでしょう。

ここまで述べたようなことを、暴飲暴食をしながら、かなりの数の友人に語ってきたような気がします。人に語るたびに、意識の薄れた頭にカツを入れるのが習慣となってしまいました。「禁煙なんて簡単だよ、ボクはもう何百回もやっている」とほざく輩と同様、私も機会のあるごとに、自分を戒めています。しかしながら意志が極めて薄弱なため、この決心も長くは続かないのです。しかし、ひるむわけにはいきません。あくまでも充実した人生を送るために、やせた体を目指そう。クーベルタン男爵も言っているではありませんか。「オリンピックは、勝つことではなく参加することに意義がある」と。

人は、その人にふさわしい事件にしか出会わない！

こうやって来し方を振り返ってみると、自分にとっては悲惨で恥ずかしい出来事の連続であったと言うことができます。本人にとって悲惨な出来事は、他人にとっては滑稽な出来事である場合が多いとはよく言ったものです。

私はずっと、自分にはどうしてこうおかしな出来事が起こるのだろうかと不思議に思っていました。

そしてあるときこのなぞが解けました。それはある本の一節にこうあったからです。

「人はその人にふさわしい事件にしか出会わない」

結局、自分の身のまわりで起こっていることは、自分が周囲を巻きこんで起こしていることなのだとわかって、私は初めて合点がいったのでした。

「そうか、すべて私が引き起こしたことだったのだ」と。

佳作　創立30周年懸賞論文

ロンドンから帰国後、最初に配属になったのは成田の国際客室乗員室です。数千人のスチュワーデスの勤務管理を担当する部署です。当時の日本航空は労使関係が荒れていて、ストライキが頻発していました。この部門の改革こそが会社が良くなるポイントであると考えるようになり、そのための処方箋を書き、そして実行することを自分の使命だと思うようになりました。その思いを創立30周年懸賞論文に応募する作品にぶつけたのです。

1位を狙ったものの残念ながら佳作になりましたが、この論文執筆は足元を徹底的に勉強し、改革していく出発点になり、自分にとっては記念碑的な作品となりました。

以下がその論文です。

「正しい客乗イメージの構築のために」

客室本部業務部　久恒啓一

《はじめに》

社内のさまざまな部門の人々は、今、客乗に大きな関心を寄せています。

私たち客乗部門に属する者は、あるいは会議の席上で、あるいは海外への旅行の途中で、あるいは夜の酒場で、社内の心ある人々から客乗に対する真摯な関心や問いかけを投げかけられることがよくあります。

そのようなときに私がしばしば感じるのは、客乗に対する不正確なイメージが一人歩きをしており、そのことは双方にとって大きなマイナスになっているのではないかということとです。客乗を語る場合に大切なことは、正確な実態把握に基づいた正しいイメージをもって客乗を語ることだと私は考えます。

客乗部門の第一線の現場に在籍する一人の地上職員として、客乗問題をいかに考えるべきなのか、その方法について以下の文章の中で考えてみたいと思います。

《数字に見る客乗》

企業活動にとって最も大切な要素は何でしょうか。資源や機械類はもちろん大切ですが、石油や飛行機は結局は金で買えるものです。しかし、モノやカネを使って生産を行うヒトについては大量に外国から輸入するわけにはいきません。したがって、企業の将来そして煎じ詰めれば一国の興亡も人材の量と質が決め手になると思います。ここで言う人材の質とは、消極的には低い欠勤率に表われるやる気であり、積極的には職場の中の自分の領域に対する工夫や改善に表われるやる気を意味します。昭和42年に900名で全職員の8・6％にすぎなかった客室乗務員は、現在4693名で日航全体の約20％を占めています。この2割を超す客室乗務員の量および質について、私たち日航に働く職員は、真剣に関心をもたざるを得ません。

現在、客室乗務員数は4693名、男子は595名、平均年齢36歳、女子は4089名で平均年齢は25歳です。勤務形態を見ると、深夜・長時間・不確定な休日・時差・低酸素・

低温度・低気圧・不規則という特殊な勤務であり、特有の病気としての腰痛が全疾病の中で10％、中耳炎も5％を数えています。

人件費から見ると、平均年齢34・5歳のパーサークラスで賃金と乗務手当を合計して42万円程度です。また、客乗部門固有に発生する特定経費（ホテル代・パーディアム等）は、103億円であり、成田空港支店・東京空港支店・運航乗員部の特定経費の合計とほぼ同額になり、また、この経費は国内線貨物部門の年間総売り上げを上まわる金額となります。

《ブラックボックス　客乗》

客乗から発信される情報や他部門に送り出される人は極端に少なく、したがって客乗に対する社内の眼はいまだに偏見に満ちているという状態が現実ではないでしょうか。

最近ベストセラーとなった、ＥＣ外交部勤務のウィルキンソン氏の『誤解』は、日欧関係の歴史と現状を、資料と現場を毎日行き来しながら分析した書物です。彼は、一度できあがったイメージは簡単にくつがえせるものではないこと、また、日欧双方がお互いの実像を正確に認識するという苦痛に満ちた努力を怠ってきたことが、今日の日欧経済摩擦の原因であると指摘しています。ここで日本を客乗、欧州を日航の他の職場と置き換えてみると、この本の中からさまざまな教訓を引き出すことが可能です。

〝日本（客乗）と欧州（他部門）との相互理解が深まることなしには貿易関係（正しいイメー

ジの交流）の改善は望み得ない〝〝あいまいな根拠に基づく非難をぶつけあったうえ、相互にネガティブなイメージだけが強調され、それがまた新たな非難を招くという悪循環〟

〝欧州側（他部門）は相手の言い分に耳を傾け相手から学ぶ術を身につけることだし、一方の日本（客乗）は意思をはっきり相手に伝える技術を学ぶことだ〟

〝政府（客乗部門）によるＰＲの限界は、……聞きたくない人（客乗について誤ったイメージをもっている人）を説得することまではできない。……政府によるＰＲは政府の目的なり行動なりを客観的に説明すること……。プラスの面だけでなくマイナスについても正直に絶えず情報を流し続けるのが信頼への近道である〟

〝東京（客乗ライン部門）に住んでいるフランス人（営業本部出身の地上職）、ドイツ人（運送本部の出身者）、イタリア人（貨物本部出身者）のもったイメージ〟が欧州（地上部門）人の対日観（客乗観）に大きな影響を及ぼすことは明らかです。

結局〝お互いが相手に対して抱き続けてきた在来の常識や幻想をクールな眼で見直してみる必要〟があり、そのうえで〝わかりやすいイメージ〟を〝明確な形で相手に伝える必要〟があるということになります。

《誤解と偏見に満ちた客乗観》

客乗の体質改善や生産性向上についての社内の議論は、多くの人が関心をもち、しかも誰でも口をはさめる性格の問題であるだけに、多くの場合、白熱した議論になってしまいます。私自身も往々にしてその一員でもあるのですが、あやういと思うのは、「～すべきだ」という議論があまりにも多すぎるということです。実りある議論に必要なのは、「～すべきだ」という百の意見より、「客乗は～だ」という冷静な事実の発見や確認のはずです。実態把握を押さえない議論は空虚な自己満足に堕する恐れがあります。

客室乗務員の中には、「そんなことは当り前だ。自分は乗務員だからよく知っている」という人もいることでしょう。しかし実態はどうすれば理解できるのでしょうか。現場の仕事や生の声を知っているということだけでは十分ではありません。理解するということは、他人や他部門や他の会社との比較の中で自分や自分の環境を相対化してつかむということでしょう。そこに数字や各種のデータや生の声が必要となってくるのです。身長が170cmの人が二人いて、一人は背が高いと思い、一人は背が低いと思うとします。どう思おうと本人の勝手ですが、事実は160cmの人より高くて180cmの人より低いということにすぎません。社内他部門の人々は、時おり漏れてくる風評や断片的な事実から受ける印象を、従来から抱いているイメージと照合して、そのイメージを合致するものを採用し、さらにその客乗観を補強するという作業を行いがちです。

そうなると、客乗を一番よく知っているはずなのは、地上職では客乗部門に勤務する70人程度の人数になってきます。

「自分はスケジュール部門に何年いた」という実績をもとに、他部門で客乗の専門家として客乗を語ることになるわけです。しかし、客乗の地上職の目にふれる乗務員は、問題のある一部の例外的な乗務員であることが多く、大方の乗務員は立派に勤務しているということは頭ではわかってはいても、次第に全体に対する悪印象やあきらめに染まっていくというのがスケジュール部門を通過していった人々の一般的な成長の過程でした。これでは他の部門に転勤になっても生産的な議論に結びつくのは難しいでしょう。

「結局、PR不足だ」ということでしょうか。確かに若手男子地上職の一年余りにわたる乗務研修、スチュワーデス訓練生の地上研修、パーサーの他部門研修というように人材の交流が活発に行われており、その効果は大きいようです。しかし、ここでも事実は簡単ではありません。海外旅行の効果として「海外に出て初めて日本がわかった」という段階があります。先にあげた各種の研修はその段階でしょう。そして次に海外の人と気持ちや情報が相互に流れる交流の段階になるわけです。海外の人との交流を試みたときに、「自分は日本（生活・歴史・文化・政治・経済）についてなんと知らなかったのだろう」と考え直すことがあります。客乗について語る場合も全く同じことです。客乗にいる私たちが客乗をPRするのだと意気がってみても、客乗そのものに対する正しい事実認識と説得力のある根拠をもたなければなりません。それが他部門へのPRに不可欠なものです。

《方法論ノート》

客乗には何人いるのか・客乗にかかる費用はどのくらいか・欠勤はどの程度あるのか・欠勤率は外国と比べて高いのか・どんな勤務形態なのか・どの程度病人が出るのか・毎日何人が成田を出発するのか・どんな人を何人くらい採用しているのか・訓練にどの程度時間をかけているのか・その内容は・組合問題はどうなっているのか・コメントカードは日本人旅客と外国人とどっちが多いのか・既婚スチュワーデスは何人くらいか・月間乗務時間は・生理休暇取得率は他社と比べてどうか・何県に住む人が多いか・毎日何人が海外にステイしているのか・年間の病人数・ZD提案の件数・外国航空会社のしくみについて・退職実績・外地でOFFのときは何をしているのか・乗務員の年齢構成・何年くらい勤めているのか・乗務員の技術の伝達方法・スケジュールのしくみ・日本での休日の過ごし方・乗務員はどんな人生観や職業観をもっているのか等々。

客乗（日本）に長期駐在する私たち（欧州人）は、たとえば以上の質問に示されるような実態の把握を行うことはもちろんのこと、さらに視野を広げて社内他部門の実情把握をふまえた比較、あるいは欧州・アメリカ・アジア等の航空会社の客室乗務員の組織や労働に関する資料の入手・分析も行う必要があります。また、乗務員と話し合う中からお互いの仕事観・人生観をつきあわせる作業も必要です。それではいったい、どのような方法で勉強したらいいのでしょうか。「問題を具体化する」「データをできる限り集める」「現場を観察する」以上の方法を、私自身は採用しているつもりです。

《二つのやる気――客室乗務員の場合》

日航の客室サービスの品質については種々のデータ（一例を示すと、コメントカード記入者のうち外国人旅客の10人に9人は褒め言葉を書く）を総合すると、世界でも屈指の水準を保持していると言えます。このサービスの水準はマニュアルはきちんと消化したうえで自分の持場に対する工夫を実践する風潮（積極的な意味でのやる気）が日航の客室乗務員の世界に存在するために維持できているのでしょう。

現在、私の手持ちのデータによると消極的な意味でのやる気を示す各国の一般労働者の欠勤率は、日本3％、アメリカ5％、フランス8・4％、イギリス10％、イタリア14％です。正確な比較ではありませんが、日航の客室乗務員の場合は、だいたい英仏並みと考えられます。特殊な勤務形態、85％以上が女性であるという条件から見て一般的な職場よりは数字は高くなるものの、改善の余地はまだあります。

《グループ化による体質改善》

ここ数年来、客乗部門は体質改善という目標をかかげています。その手段としてグループ化を推し進め、同乗の機会を増やし、その中で良質な人間関係を確立することを目指しています。仕事の性質がら帰属意識の希薄な乗務員の世界に、一般の職場と同じように小さな帰属単位をつくり、その中で働きやすい人間関係を築こうという考えです。体質とは一種の文化だと考えると、現在の客乗の施策は、しくみ、つまり社会の構造を変えることによってその上部構造である文化を変えようという試みと言えましょう。

私の考えでは現在のこの試みは、付き合いは仕事のうえだけという欧米型の意識になりがちな客室乗務員の世界に、日本的な方法を導入し、根づかせようとする野心的な試みです。もしこの方法が成功をおさめるようになると、日本の自動車・鉄鋼等の企業の施策（長期安定雇用・年功賃金・企業別組合・ＱＣ活動・長期経営計画等）を欧米企業が真剣に勉強しはじめたように、近い将来、低い生産性の伸びと職場の荒廃が進む欧米の航空会社が労働力の質を高めるために日航の客乗システムを研究し、何らかの形で採用する日がくるとも予想されます。

《終わりに――客乗研究の入り口に立って》

創立30周年を経て日航法の改正もなった今、私たち職員自身の意識改革がまず必要です。それは、80年代を通じて予想される低成長と、急速に日程にのぼりはじめた高齢化時代と、航空業界の厳しい状況に対処するために。そして何よりも厳しさを増す自らの環境に対して主体性をもって生きるために。

乗務員とともに考え、模索し、客乗という小宇宙の環境を整備することに今後も微力ながら力を尽くしたいと思います。

この文章を読んで、客乗部門の内外を問わず、客乗についてもっと正確なイメージをもたねばならないと考える人が少しでも現われることを祈ってやみません。

（執筆時：国際客室乗員部スケジュールグループ所属）

この論文は自分の足元を深掘りしようとする自分自身に向けての宣言でした。

それ以降、仕事は時代の鏡であり、その荒野や沃野を探検することであると意識するようになりました。社会探検が私の指針となったのでした。そして探検家として私は迷わずに仕事に真正面から取り組むこととなりました。

探検は行為と記録から成っています。記録のないものは探検とは呼びません。30代以降の私は、一つの仕事が終わったら、何らかの形で必ず記録を残すことを心がけるようになりました。

尊敬する上司の言動をすべて真似する

社内でキャリアを積んでいく中でいつ誰と出会うか——これがビジネスマン人生に決定的

な影響を与えます。私の場合についていうと、30歳のときに出会った10歳年上の上司舟崎課長、彼の影響で仕事に対する取り組み方が一変してしまいました。

日々下す判断の素晴らしさ、人から敬愛される人格、困難に立ち向かう勇気、仕事のレベルの高さ、ユーモアのセンス……。同じ仕事でも、高いレベルの人が取り組むと、まったく次元の違う世界が広がることを知り、驚くとともに仕事というものの奥の深さを実感したものです。

当時の私は、スチュワーデスの人事・労務・予算などを担当する客室本部という部署で、労務の仕事にあたっていました。この部署は、上は常務クラスの本部長から順に、部長、舟崎課長と続き、私は担当者に過ぎませんでしたが、大小さまざまな難しい問題に、会社としての判断を日々下すという経験をさせられました。

80年代前半の日本航空は、客室では労組が二つに分かれ、ストライキが頻発する問題の多い会社でした。考え方の違う二つの労組を相手にしながら、合理化やサービス向上を実現していくのが労務担当の役割です。会社の施策の実現、二つの組合の異なった要求や主張、定期的に開催される協議会や団体交渉などでの駆け引きや妥協。いずれも一瞬の気のゆるみも許されない仕事です。また会社としての合理化提案や、交渉後の妥協案の提示文書などを書くことになるため、緊張を強いられる場面も多い。振り返ってみて、難しい仕事でした。

舟崎課長は、交渉役の担当課長として、会社提案の現場の受け止め方の確認、組合の要求への対処、社内の説得や取りまとめなど、ほとんどの案件を自ら解決する、という気概で取り組んでいました。彼の奮闘を目の当たりにして、その知恵や勇気に感銘を受けたことを思い出します。

労務の仕事を経験された方ならおわかりかと思いますが、この仕事の大変なところは、味方であるべき社内、つまり利害関係部署による労務担当への攻撃や締めつけが多い点です。組合とのギリギリの妥協点を敢然と社内の会議で説明する、前もって有力な関係者に根まわしをしておく、本部長を中心とする御前会議で、強硬論を抑えて妥当な解決案を提案し通す――舟崎課長はそれらをこなすタフな説得力に加え、組合の交渉相手との微妙で率直な対話を行うことができ、そして何よりも現場で働く人たちへの思いやりに満ちあふれていました。

数年間にわたる組合交渉の最前線で私が舟崎課長を通して見たのは、仕事というものの「広さ」と「高さ」と「深さ」でした。勤務した会社は労務問題が大きな課題であり、組合もいくつかに分かれており、複雑でした。会社、A労働組合、B労働組合、社員、両方の組合員など、つねに微妙なバランスをとりながら行うことになり、会議も勢い緊張感が漂います。

そういった雰囲気の中で、舟崎課長は、「パイロットの本部はプロ野球のパ・リーグだ。大振りをする主役が多い」と言い、私たち「客室乗務員の本部は、4番バッターはいないが、連携の強い守備型のセ・リーグだ」とたとえ、全員野球を目指そうと、はげ頭と悠然とした語り口でユーモアを交えて語り、部下たちは笑いながら納得していました。

また、労使交渉という難題をこの課長はよく男女関係にたとえて説明していました。「目的を達成するためには、手順が大事だ」と言うのです。じっくりと腰を据えて、「一つひとつ手続きを踏んでいこう」、こういうたとえ話も妙に納得感があり、部下たちはおもしろがっていました。

私の属す本部の二つの労働組合を、大きな愛情のこもった目で、「分断された朝鮮半島の南朝鮮と北朝鮮に似ている」と言い、「それぞれとどう関係をもつかというテーマ」を私たちに与えてくれました。「そうか、自分たちが取り組んでいる難題は国際関係と同じなんだ」と思うとやる気が出たものです。

そしてこの課長は、土日には1000メートルのスイミングで鍛えていました。水泳で鍛えた体をおしゃれなワイシャツで包んで、悠然と指揮をとっていました。

労務の仕事は飲みごとが多いのですが、どんな偉い人と飲んでいても、社長と一緒のときでさえも、夜9時には「さよなら」と言って帰るのにも最初は驚きました。その理由を聞くと、「体力・気力・知力を最大限発揮するには、体調の管理をしないとね」という返事で、感心したことを思い出します。

「10年経ったら舟崎課長のようになりたい」

「課長になったときには課長のような仕事をしたい」

そう心の底から思った私は、ある戦略をとりました。それは、舟崎課長の仕事ぶりを〝すべて徹底的に真似する〟ということでした。

彼は早起きで、9時始業のところを7時45分には机についている。書類は同僚が出社する前にすべて読んで片付けておく。骨太な論議。段取りのよさ。シナリオに基づいた会議の議論のリードの仕方。いかなるときにも前向きな解決策を提示する強靭な精神力。夜9時までには宴席を退席する意志の強さ。昼休みは一人で屋上で日向ぼっこをする余裕……。

こういうことを意識しながら、私は課長をライバルと見立てて、極力彼の生活ぶりを真似するようにしたのです。彼が7時45分に机につくなら、私は7時半に席につくようにしよう。ところが、こちらが彼の考え方を真似て、さんざん考え抜いた解決案を提示しても、課長が出す案は、必ず私の地平をはるかに超えるものでした。追いつこうとしても追いつけない、そんな歯がゆさはありましたが、日々充実していたことを思い出します。

おかげで、次第に職場に早く到着する習慣が身につきました。時間ギリギリに職場に入っていたナマケモノの性格もすっかり変わり、ようやくビジネスマンらしくなってきたのです。

それからしばらくして課長に昇進したとき、課長としてのシミュレーションはすっかり終わっていましたから、比較的順調に仕事をこなすことができました。もちろんその土台は、このときの舟崎課長の行動がお手本になっています。

優れた上司に仕えるのは一生の幸運。そんな経験に恵まれたら、徹底的にその人の素晴らしいところを学びとりたいものです。

「知的生産の技術」研究会（知研）との出会い

社内の仕事以外に「勉強したい」と痛切に思うようになったのも30歳の頃のことです。同時に同じ会社の仲間とだけ付き合うことを避けたいという気持ちもあり、「知的生産の技術」研究会（略称「知研」）というビジネスマン向けの勉強会に入会しました。

国立民族学博物館の初代館長、梅棹忠夫先生の『知的生産の技術』（岩波新書）という1969年に出た本が、この会の誕生のきっかけでした。

この本は学生時代に感動して読んだ記憶がありました。京都大学の梅棹忠夫先生は、京都大学探検部の創設部員でした。私たち探検部員にとって梅棹忠夫という名前は輝ける先達だったのです。北海道にいた頃、新聞紙上でこの会を知り、ロンドンではこの会にロンドン滞在記を送り、日本に戻った私は、運命の糸に引き寄せられるように、知研に入ったのでした。

この日本最大級の勉強会をつくったのは、八木哲郎という人でした。八木さんは梅棹忠夫先生に顧問をお願いしたり、当時の旬の有名人を安い講演料で連れてくる名人でした。おおらかで包容力があり、私は30歳からずっと八木さんに師事し、育てていただきました。私の恩師の一人です。この勉強会と八木さんとの出会いが、私のその後の人生に決定的な影響を与えたと言ってもいいと思います。

この会の特徴は、会員を中心に30冊ほどの本を出版していることです。世の中にあまた存在する勉強会と違うのはこの点、つまりアウトプットをする、ということを目標にしていることです。

私自身、長い間この勉強会の幹事を務めてきました。この過程で数え切れないほど多くの優れた方々を講師としてお招きしたことが、その後の私の人生に決定的な影響を与えてくれました。

ある年に招いた講師陣（敬称略）をあげてみますと、石川好、ドクター中松、テレビなどで活躍中のペマ・ギャルポ、『フォーサイト』の伊藤編集長、アスキーの西和彦、思想家・実践家の小田実、企画塾の高橋憲行、『「超」整理法』の野口悠紀雄、脳研究の養老孟司、資格三冠王の黒川康正、『ゾウの時間ネズミの時間』の本川達雄、米国三井物産の寺島実郎……と錚々たる顔ぶれです。

幹事は同時に司会を担当することも多々あります。お招きする以上、こちらとしても、その方のことを知らないのはまずい、ということで、事前に講師の方の著書を最低1冊は読むというくせがつきました。それが結果的に、直接関心がない分野でも相応の知識が身につく、という副産物をもたらしてくれました。

これが後々、本業、特に広報の仕事に就いたときに大いに役立ちました。この分野について原稿を書いてもらうなら誰がいい、あの分野なら誰がいいなど、ある程度カンが働く。おもしろいもので、結果的に自己啓発としてやってきた知研の活動と、本業とが重なってきたのです。

30歳代は激務の連続でしたが、その間もなんとか知研での活動を継続してきたおかげで、仕事のほうにも次第に好影響が出てくるようになりました。

結婚

31歳で結婚しましたが、独身が長かったので、相手は「貯金がたくさんあるはずだ」と思ったようです。でも私は自分の世界を広げるためにお金を使うと決めており、「貯金をしない」ということをモットーとしていましたので、残念ながら期待に応えることはできませんでした。

この妻のおかげで、次第にまともな生活になっていくのですが、妻は私の母親に「啓一さんを型にはめていくようでいいのでしょうか」と相談をしたと、あとで聞きました。それを聞いた母親は、「冗談じゃありません。早くまともにしてください」という答えだったそうです。

私もこうして、少しはまともな人間へ向けて更正していったのでしょう。

でも、これも自己評価なので、確かではありません。

終わりに

若いということはエネルギーにあふれているということではありますが、山登りにたとえるとまだ登山口に入ったところです。見晴らしは悪く、景色も良くない。そしてゴツゴツした岩肌にぶつかったり、ブッシュの中でさまよったりしている状態です。もちろん、頂上はまったく見えないのです。

あらためて目の前の仕事を眺めてみると、よく耕されたフィールドはなく、未開の荒野が広がっているように見えてきました。そこで起こっている問題を深掘りして、一つのプロジェクトとして多くの人たちと解決に向かって取り組んでいく。そういったプロジェクトの進め方は大学の探検部時代に経験していました。その経験が大いに役に立ちます。

大学入学から10数年たって、ようやく登山口にさしかかった当時の私には、その後の展開は知るよしもありませんが、今やるべきことは少しわかってきた感じはありました。

ともかくも、仕事と知研の二本足で立って行こうと、漠然とした方向感のもとで歩きはじめました。

その後の疾風怒濤の人生行路に、未知の対象に対する探検精神だけを頼りに向かっていきました。

久恒啓一（ひさつねけいいち）
大分県中津市生まれ。現在、多摩大学副学長。九州大学探検部卒業。在学中に、奄美群島（鹿児島県）、八重山群島（本土復帰前の沖縄）を探検。1973年、将来は月に行けるかもしれないと考え航空会社をフィールドにして社会探検を開始。企業（日本航空）とＮＰＯ法人（知的生産の技術研究会）、そして大学（宮城大学と多摩大学）の世界を探検中。久恒啓一 図解ウェブ：http://www.hisatune.net

団塊坊ちゃん青春記

2017年3月1日　初版第一刷発行

著　者　久恒啓一

イラスト　株式会社マグネットデザイン

発　行　多摩大学出版会
東京都多摩市聖ヶ丘4-1-1　〒206-0022
Tel：042-337-7299／Fax：042-337-7279

発　売　メタ・ブレーン
東京都渋谷区恵比寿南3-10-14-214　〒150-0022
Tel：03-5704-3919／Fax：03-5704-3457
URL：http://www.web-japan.to

Printed in Japan